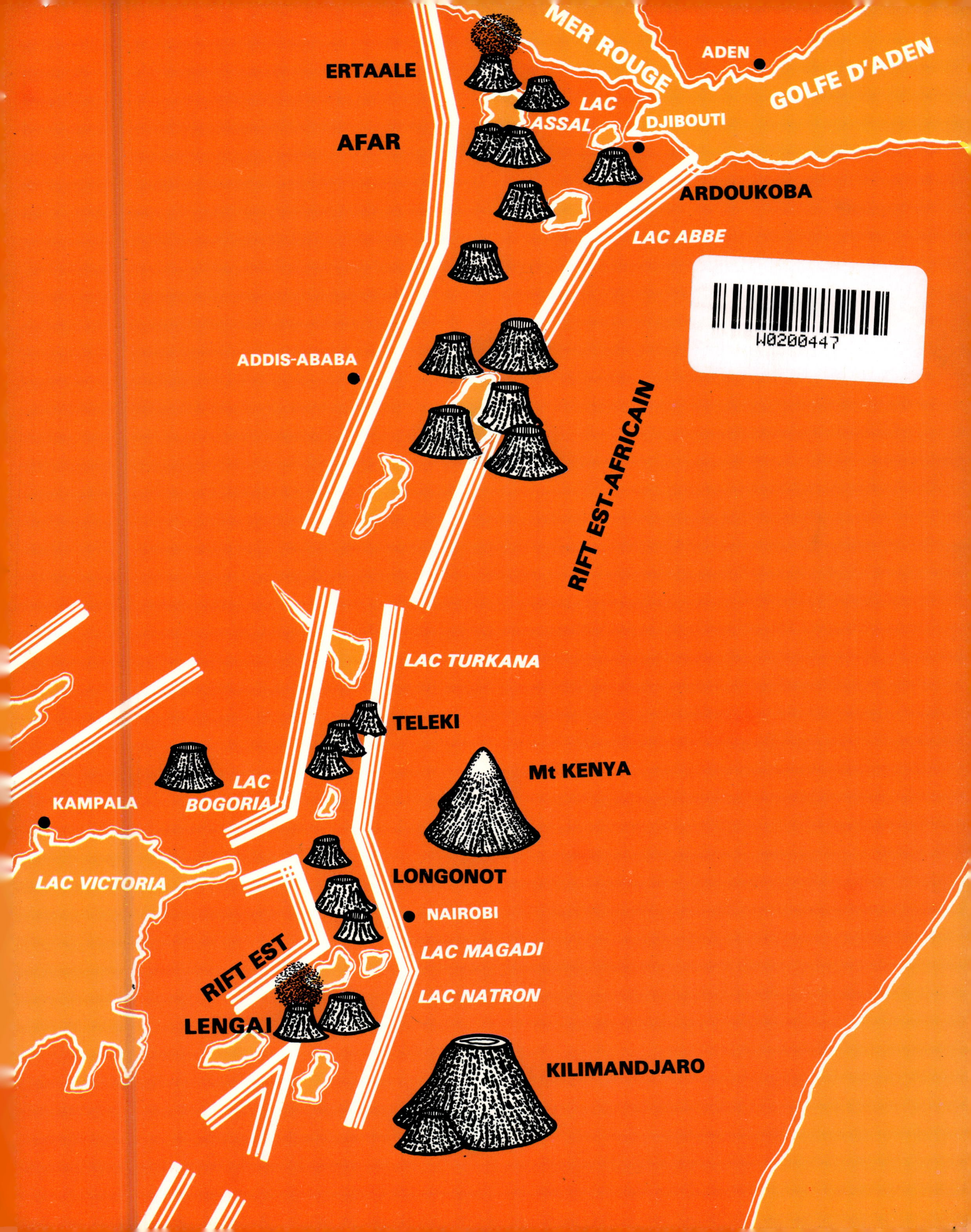
MER ROUGE
ADEN
GOLFE D'ADEN
ERTAALE
LAC
ASSAL
DJIBOUTI
AFAR
ARDOUKOBA
LAC ABBE
ADDIS-ABABA
RIFT EST-AFRICAIN
LAC TURKANA
TELEKI
Mt KENYA
LAC
BOGORIA
KAMPALA
LAC VICTORIA
LONGONOT
NAIROBI
LAC MAGADI
RIFT EST
LAC NATRON
LENGAI
KILIMANDJARO

Katia et Maurice KRAFFT

DANS L'ANTRE DU DIABLE

CONNAISSANCE DU MONDE

PRESSES DE LA CITÉ
8, rue Garancière - 75006 Paris

BIBLIOGRAPHIE[1]

M. GIROD : *le Massif volcanique de l'Atakor* (Hoggar, Sahara algérien), étude pétrographique, structurale et volcanologique. Éditions C.N.R.S., 1971.

INTER-UNION COMMISSION ON GEODYNAMICS Scientific report n° 14 : *Afar depression of Ethiopia.* Éd. Schweizerbart'sche Verlagsbuchhandlung, 1975.

COLLIN WILLOCK : *la Grande Faille d'Afrique.* Éd. Time Life, 1974.

ALAN & KERSTIN FRASER MAGARY : *East Africa, a travel guide.* Éd. Harper et Row, 1975.

East African rifts, developments in geotectonics 7. Éd. Elsevier, 1972.

C. DOWNIE, P. WILKINSON : *The geology of Kilimanjaro.* Éd. Sheffield, 1972.

H. TAZIEFF : *État actuel des connaissances sur le volcan Niragongo* (République démocratique du Congo). Éd. Bulletin de la Société géologique de France, 7e série, tome VIII n° 2, pages 176-200, 1966.

Biogeography and ecology in the Canary Islands. Éd. G. Kunkel, Dr W. Junk, 1976.

J. GOUHIER, J. et D. NOUGIER : *Contribution à l'étude volcanologique du Cameroun* (ligne du Cameroun, Adamaoua). Éd. Annales de la Faculté des sciences du Cameroun n° 17, 1974.

Le Diamant, sous la direction de J. Legrand. Éd. Flammarion, 1979.

A. LACROIX : *le Volcan actif de l'île de la Réunion et ses produits.* Éd. Gauthier Villars, 1936.

1. Ce ne sont que quelques titres parmi des centaines.

Photographies de :
Katia et Maurice Krafft

Couverture : Katia Krafft au piton de la Fournaise (Réunion).
Page 7 : Maurice Krafft au piton de la Fournaise (Réunion).

Printed in France
ISBN 2-258-00904-9
ISSN 0182-3671

Biographie

Katia et Maurice Krafft sont dès leur plus jeune âge passionnés de volcanologie. Leurs études universitaires en géochimie et en géologie terminées, ils fondent en mai 1968 l'Équipe Vulcain composée de plusieurs volcanologues et créent le Centre de volcanologie qu'ils dirigent. Depuis, ils parcourent le monde, traquant les éruptions et réalisant de nombreuses missions scientifiques sur les volcans d'Italie, d'Islande, d'Indonésie, d'Afrique, d'Amérique du Nord et centrale, d'Alaska, des Antilles, des Açores, des îles Hawaï, du Japon, de la Réunion...

Leurs recherches leur ont valu le prix de l'Exploration et celui de la Société de géographie. Ils ont participé à de nombreuses émissions télévisées, en ont réalisé plusieurs et ont tourné quatre longs métrages en 16 mm sur les volcans du monde qu'ils présentent en conférences dans le cadre de « Connaissance du Monde ». Leurs missions sur les volcans d'Afrique de l'Afar au Hoggar, des Comores aux Canaries, ne se comptent plus, elles ont déjà nécessité en heures d'avions l'équivalent de dix-sept fois le tour du Monde...

Entre le couple Krafft et les volcans, c'est une grande histoire d'amour...

Livres écrits par Maurice et Katia Krafft

1971. — *Volcans et tremblements de terre.* Édition des Deux Coqs d'or (pour expliquer aux jeunes comment fonctionnent les volcans).

1974. — *Guide des volcans d'Europe.* Éditions Delachaux et Niestlé (guide avec de nombreux itinéraires pour visiter en détail les volcans).

1975. — *Les Volcans.* Éditions Draeger-Vilo (livre d'art sur le volcanisme).

1976. — *A l'assaut des volcans.* Éditions des Presses de la Cité (aventures des auteurs sur les volcans d'Islande et d'Indonésie).

1977. — *La Fournaise.* Édition Roland Bénard (traitant uniquement du piton de la Fournaise à la Réunion).

1978. — *La Terre, une planète vivante ! Volcans, séismes, dérive des continents.* Édition Hachette (tout sur la dérive des continents).

1979. — *Volcans, le réveil de la Terre.* Édition Hachette Réalités (le plus bel album de photos de volcans publié jusqu'ici).

1980. — *Guide des volcans du Hoggar, Guide des volcans du Cameroun, Guide des volcans des Virunga (Zaïre).* Éditions Centre de Volcanologie Vulcain (guide avec itinéraires pour visiter ces volcans).

1981. — *Questions à un volcanologue : Maurice Krafft répond.* Édition Hachette (l'auteur répond aux nombreuses questions que chacun se pose sur le volcanisme).

Films et diapositives

Maurice et Katia Krafft ont édité sept séries de films super 8 et sept séries de diapositives sur les différents aspects du volcanisme. Elles sont excellentes pour l'enseignement et pour émerveiller enfants et adultes. Disponibles chez Jeulin, B.P. 3110, 27031 Évreux Cedex.

A Rémy, Benoît et Laurence.

Nos aventures volcanologiques en Afrique entre 1972 et 1981 furent tellement nombreuses qu'il nous a fallu faire un choix. C'est cette substantifique moelle que nous vous présentons ici.

Aiguille de lave prismée de Iharen (Hoggar). ▶

1- A l'assaut des pitons du Hoggar

DEVANT nous, à perte de vue, le règne de la pierre étale ses lignes horizontales comme les pages d'un livre ouvert qui nous conte l'histoire géologique lointaine d'un monde immobile. Autour de nous, un fouillis infâme de casseroles, de cartes, d'habits, de sacs de couchage, de jerricanes, de livres, de mousquetons, de boussoles, de cordes de rappel, de lames de ressort que nous essayons de démêler, de trier pour les ranger dans notre camion tout-terrain. Nous nous trouvons dans un paysage grandiose fait de sable, de lave et de vent, l'Atakor, le cœur du Hoggar dans le Sahara algérien.

Le contraste entre la majesté, la poésie des lieux et la banalité de nos activités domestiques fait hurler Maurice qui, inlassablement, ponctue notre remue-ménage de : « Nous avons beaucoup trop de bric-à-brac inutile, ce n'est pas une mission géologique, c'est un déménagement ! Vous verrez, demain, quand nous chercherons notre guide touarègue [1] à Tamanrasset. Il vous donnera une leçon et vous montrera comment on voyage dans le désert !

— Allez, on vous laisse finir sans nous, on va grimper », nous lancent, ironiques, Jean-Marie et Claude, nos deux alpinistes chevronnés, bien décidés lors de ce séjour de six semaines à réussir des premières sur les nombreux pitons volcaniques qui hérissent le Hoggar. Pour eux nous avons installé notre campement au pied de l'Iharen (« le Filon » en *tamahaq,* la langue des Touareg) ou pic Laperrine, au nord de Tamanrasset. Cette magnifique aiguille de lave, de trachyte, qui a 250 mètres de haut et 180 mètres de large, est admirablement prismée sur toute sa hauteur. Jean-Marie et Claude s'éloignent dans un cliquetis de mousquetons puis disparaissent dans l'énorme éboulis de blocs cyclopéens entourant la base du piton. Leur mission : prendre des échantillons de lave au fur et à mesure de leur ascension pour une étude pétrographique ultérieure. Quand les alpinistes réapparaissent, ils ne sont plus que deux points, deux araignées tissant leur toile sur la paroi blonde et peignée du massif. Confiants, nous reprenons nos activités un moment interrompues. Maurice, géologue et chef de mission, se replonge dans ses livres et ses cartes, nous préparant un itinéraire géologique détaillé et sûrement exténuant de l'ensemble du volcanisme de l'Atakor. Roland, passionné de mécanique, disparaît sous le camion tout-terrain pour une ultime vérification. Il adore, au moins autant que Maurice le déteste, farfouiller dans le ventre des voitures ! Il est vrai qu'il ne faut rien laisser au hasard, une panne dans le désert tourne vite à la catastrophe. Michèle, la

1. Touarègue : adjectif ; un Targui : nom singulier ; des Touareg : nom pluriel.

femme de Roland, et moi avions hérité de la tâche ingrate et toute féminine, paraît-il, de composer à ces messieurs de succulents menus à partir de vieilles conserves de l'armée ! En réalité, nous nous contenterons de ranger les boîtes par rations journalières.

Déjà, notre première journée de désert s'achève. Dans un éclatement de couleurs criardes, les grandes orgues muettes de l'Iharen virent au jaune vif, les ombres s'allongent, violettes. Nous nous précipitons sur nos caméras et appareils photographiques pour immortaliser cet instant de folie de la nature. Trop tard ! Pressé, le soleil éclabousse d'amarante le ciel et la Terre puis s'éclipse. Lentement, les gris et les bleus envahissent la pierre et le sable, éteignant les derniers feux du jour. A l'horizon, Vénus, éclatante, troue le ciel de cette nuit de Noël. Cette année, pas de sapin ni de réunion de famille traditionnelle, mais une veillée dans le désert où les bougies seront les étoiles, les cadeaux la perspective d'un magnifique périple sur les volcans du Sahara. Au loin, des pas lourds et une discussion passionnée annoncent le retour de nos alpinistes. Ils ont vaincu l'Iharen par la face sud. Après un dîner rapide, chacun disparaît dans son duvet à même le sol, à la belle étoile, terrassé par la fatigue de la longue route Alger-Tamanrasset faite en une étape.

Tôt le lendemain matin, nous rejoignons en hâte Tamanrasset pour y rencontrer un Targui qui nous accompagnera et nous guidera dans le désert six semaines durant. Consternation ! Est-ce bien là le cœur du Hoggar ? Dans la rue large, bordée de maisons ocres et ombragée d'éthels, une variété de tamaris, des nuées bourdonnantes de touristes multicolores se pressent devant la boulangerie, entrent et sortent en se bousculant des boutiques de souvenirs. Plus loin, une file de véhicules s'étire au poste à essence, qui paradoxalement est rationnée dans ce pays grand producteur de pétrole ! Les terrasses de café sont bondées d'une marée humaine qui n'a rien à envier à celle de Saint-Germain-des-Prés. Quelques autochtones, en costume européen, pour la plupart des fonctionnaires venant de l'Algérie du Nord, y dégustent de petits verres de thé en regardant passer les belles étrangères. Mais que sont devenus « les hommes bleus du désert, fiers et mystérieux » des livres, les Touareg ? Ils sont là, eux aussi, majestueux, déambulant avec nonchalance sur les trottoirs ombragés, drapés d'amples manteaux bleus et blancs superposés, relevés sur l'épaule. De leur visage voilé par le taguelmoust bleu violacé et brillant comme du papier carbone, nous n'apercevons que de grands yeux sombres en amande qui contemplent l'activité bruyante de la rue. Pressés de fuir cette Rome saharienne en pleine décadence, nous faisons le plus rapidement possible le plein d'essence, d'eau, de pain, d'oranges et de dattes.

Maurice, qui nous avait quittés, réapparaît accompagné d'un Targui impressionnant qui dépasse bien d'une tête les 1,83 m de notre chef d'équipe. Seuls ses yeux noirs et de longues mains fines émergent de l'ampleur des tissus bleus. Il se présente. Il s'appelle Litni car il est né un lundi, (*litni* en tamahaq) et fait partie de la tribu noble des Adjouh n'Téhélé, des guides infaillibles qui connaissent les moindres pistes chamelières du Hoggar pour les avoir empruntées maintes et maintes fois.

Pour l'instant, Litni nous entraîne dans un dédale de ruelles désertes et fait arrêter notre camion devant un mur ocre troué d'une petite porte où il s'engouffre. Maurice nous sermonne :

« Regardez bien les bagages de Litni et apprenez à prendre un minimum d'affaires comme lui quand vous voyagez... » Mais la phrase s'arrête là.

Nous éclatons de rire alors que Maurice, soudain silencieux, écarquille les yeux fixant un énorme balluchon de toile rayée qui passe difficilement par la porte. Litni qui disparaissait sous l'impressionnant volume s'en débarrasse avec précaution et repart. Nous jubilons, les remarques fusent, ironiques :

« Tu crois qu'il en a beaucoup d'autres ? »

Litni revient avec un sac en cuir à peine

Page 14 (haut) : Aiguilles prismées des Tessouiadje (Hoggar). *(Bas) :* Orgues de basalte dans une vieille coulée (Hoggar).

plus petit que le précédent contenant, entre autres, des casseroles, du fromage de chèvre et du lait caillé décelables les unes par leur bruit, les autres par leur odeur. Il doit se méfier de nos repas d'Européens. Quant au gros balluchon, il contient des vêtements, un duvet et des couvertures, cadeaux de touristes des randonnées précédentes. Nous entassons son équipement sur nos « petits » sacs à dos et quittons enfin Tamanrasset.

La découverte et l'émerveillement du désert nous font vite oublier cette anecdote. A l'infini, une mer de pierre rose roule ses vagues d'or aux creux brun sombre. Des aiguilles de lave tels des mâts d'étranges bateaux fantômes s'effilochent au loin en franges bleues comme mouvantes. Des dômes pâteux lentement enfantés par la Terre font le gros dos dans l'uniformité minérale aux lignes qui s'étirent.

Alors qu'à première vue tout est pierre et sécheresse, l'enchantement grandit quand nous découvrons à chaque détour l'éclatement de la vie. Ici des herbes maigres et des buissons d'épineux jaillissent au creux de la lave stérile. Là une gazelle inquiète s'arrête de brouter pour nous observer. Plus loin encore une petite bergère nous salue gaiement, son troupeau de chèvres éparpillé dans la pierraille. A chaque escale dans cet océan pétrifié, le moula-moula, petit oiseau blanc et noir, porte-bonheur et messager des Touareg, se pose sur un rocher et nous pépie son message mélodieux. Sur cette terre vierge, originelle, tout signe de vie, fût-ce la plus humble des plantes ou le plus petit insecte, prend de l'importance, rassure le citadin étourdi de foules, de villes et de forêt touffue.

LÉGENDES TOUARÈGUES ET SCIENCE OFFICIELLE

Notre périple est à peine commencé que Litni nous montre, à l'est de Tamanrasset, l'Adriane, piton massif de trachyte, sorti de terre telle la pâte dentifrice d'un tube, il y a 5,7 millions d'années. Une gorge profonde et étroite sépare le culot de lave pâteuse circulaire d'une coulée épaisse longue de quatre kilomètres. Cette étrange entaille dans la masse rocheuse est due à l'érosion. Mais Litni proteste ; pour lui c'est la trace laissée par un coup de sabre qu'Élias, héros touareg, doté d'une force prodigieuse, assena sur le massif pour offrir un passage à son troupeau de cent chamelles acculé contre le rempart de l'Adriane par des pillards. Quant au rocher découpé par le vaillant guerrier, il gît à huit kilomètres de là dans l'oued Zaouen, planté dans le sable. Quand science et poésie s'affrontent...

Laissant l'Adriane et son mystère, nous montons vers le nord en frôlant au passage l'Iharen, une vieille connaissance, puis l'Adaouda, (« le Doigt ») en tamahaq, l'un des pitons de trachyte les plus élancés de l'Atakor.

Étranges et fascinants, les édifices volcaniques se succèdent, ponctuant la piste comme les bornes gigantesques d'une voie de géants. Ici, au milieu de l'étendue désespérément plate de vieilles coulées basaltiques lustrées par le vent, surgit le château fort circulaire de l'Akar Akar, venue trapue de lave pâteuse entourée de coulées épaisses, vieilles de quatorze millions d'années. Là, alors que la piste coule son ruban gris au milieu de grosses boules de granite rose et ocre, s'étale la douceur des lignes courbes de quelques cônes cendrés, bientôt relayés par les tours élancées et prismées des dômes de phonolite, la lave qui résonne quand on la frappe.

Sans arrêt nous harcelons Maurice de questions :

« Et ce volcan, comment se nomme-t-il ? Quel âge a-t-il ? En quoi est-il ?

— Mais, attendez, vous n'avez encore rien vu ! » nous tempère le géologue, riche de ses connaissances, en feuilletant la thèse sur le volcanisme de l'Atakor du professeur M. Girod.

Jean-Marie et Claude protestent à chaque piton qui passe car ils ont des fourmis dans les mollets et voudraient les escalader tous.

« Impossible de s'arrêter, il faut arriver

Page 15 : Escalade sur un piton de lave pâteuse (Hoggar).

Page 17 (haut) : Cône strombolien posé sur le socle de granite. *(Bas) :* « Si nous tomber en panne, nous tous mourir... », désert de boules de basalte.

à l'Assekrem avant le coucher du soleil, vous grimperez demain ! » lance Maurice, autoritaire.

Le tumulte s'apaise; Litni, loin de s'effrayer de notre enthousiasme bruyant, est heureux et fier que son désert nous touche.

Le décor devient sublime. Voici les Tessouiadje (« les Dos de Chameaux » en tamahaq), le plus bel ensemble d'aiguilles de lave de l'Atakor, 300 mètres de prismes arqués, vieil or, qui s'élancent vers le firmament. On dirait l'énorme échine hérissée de reptiles préhistoriques du Carbonifère. Enfin la Séouénane, (la Main), silhouette de phonolite largement entamée par l'érosion qui, de son doigt de pierre montrant le ciel, annonce l'Assekrem proche.

Abandonnant notre camion, nous nous précipitons sur le petit sentier qui mène au sommet d'un énorme dôme-coulée de phonolite, culminant à 2 800 mètres d'altitude. L'Assekrem est là, un panorama à vous couper le souffle. Le père Charles de Foucault y avait installé son ermitage d'été. Il écrivit de ce lieu enchanteur : « La vue y est plus belle qu'on ne peut le dire ni l'imaginer. Rien ne peut donner une idée de la forêt de pics et d'aiguilles rocheuses qu'on a à ses pieds : c'est une merveille. »

A perte de vue, arrondis, déchiquetés, fins ou massifs, une multitude de dômes, d'aiguilles, de tours, de dents, de cirques se bousculent aux creux des vallées.

J'imagine leur enfantement monstrueux il y a quelques millions d'années, quand de formidables déflagrations taillèrent à l'emporte-pièce une multitude de cratères d'où sortirent lentement, inexorablement, en une succession de colossales poussées ponctuées d'explosions, de chuintements et d'éboulements titanesques, les pitons de lave pâteuse et encore rougeoyante du Hoggar. Montant tout droit au-dessus de leur cheminée pour ériger des aiguilles, s'affaissant parfois pour s'étaler en dômes, ils n'interrompirent leur formidable érection qu'au bout de quelques semaines puis se refroidirent pour se contracter, se prismer. Aujourd'hui, vieillards hiératiques, ils sont immobiles. Le vent hurle et gifle de sable leur peau mate et rugueuse. Gel et chaleur rivalisent nuit et jour pour faire éclater leur épaisse carapace. L'érosion grignote les sentinelles de pierre au fil des millénaires.

« 5,6 au 125e, chère madame », susurre une voix douce qui m'arrache à ma rêverie. Qui donc me donne ce conseil, alors que j'ai pris la liberté de m'imprégner du paysage autrement qu'au travers d'un viseur photographique, sans penser un instant à emprisonner le spectacle dans ma maudite petite boîte noire, fabrique de souvenirs. Je me retourne, étonnée. « Si c'est du 25 ASA, il faut afficher 5,6 au 125e... » répète le jeune frère de Foucault qui s'approche de moi en souriant. Les religieux de l'ermitage se relaient pour accueillir les milliers de touristes qui envahissent l'Assekrem, leur faisant visiter les lieux, donnant des conseils, offrant même du thé aux contemplatifs d'une heure engourdis par le vent glacé. Il souffle là-haut un petit air mondain incongru qui me surprend, m'amuse et me navre à la fois.

Mais déjà les orgues se cuivrent, les ombres se meuvent, s'allongent et se chevauchent au rythme lent du soleil couchant. L'espace d'un rayon les volcans s'embrasent, flamboient, retrouvant un instant leur ardeur passée. A regret je cadre, un déclic, et voilà l'embrasement immortel, ridicule, figé sur la petite image plate et terne de mon appareil.

Les jours suivants, avec enthousiasme, nous explorons et escaladons la plupart de ces majestueux volcans. Nous nous attardons sur l'Oul (le Cœur), le dôme en bulbe d'oignon le plus parfait du Hoggar avec ses prismes jaunes perpendiculaires à sa surface, la Taridalt, ensemble de murailles et de tours roses et violettes, l'In Borian dont les orgues en hélice tournent autour d'un piton en forme d'obus. A chaque ascension, le spectacle se renouvelle, les cœurs des volcans, dépouillés de leur gangue, exposent leur anatomie interne, injections de lave qui serpentent en murailles sinueuses, rares cheminées en chicots perçant les éboulis. Parfois une coulée gravement meurtrie nous présente ses entrailles en mille colonnades fines qui éclatent et s'entremêlent dans un amas de pierres géométriques.

Plus à l'ouest, nous auscultons l'une des venues de lave les plus fabuleuses de l'Atakor, l'Ilamane, un énorme cylindre de phonolite prismé en hélice de cinq cents mètres de haut, entouré à sa base d'une collerette vitreuse. J'explique à Litni que la formation de ce volcan fut difficile, que le dôme, devenu trop rigide pour se déformer, se déchira au sommet, laissant surgir une aiguille pâteuse et rougeoyante poussée par les gaz sous pression, comme un gigantesque piston. Pour le convaincre, je lui montre des photographies de volcans actifs, d'explosions et de coulées incandescentes, comparant la fusion de la roche avec celle du fer chez un forgeron. Il me fixe perplexe, amusé et s'exclame : « N'est pas possible ! » Sa religion et son éducation lui ont en effet appris que ses montagnes ont toujours été ainsi, qu'elles sont immuables. Pour lui le monde n'a connu et ne connaîtra jamais aucune évolution.

A son tour, il me donne son explication. Me prenant par le bras, il me montre plein ouest, derrière le vieux socle de granite, deux reliefs; l'un allongé, pointu au sud, Tahararète, une vieille coulée de basalte tertiaire, l'autre au nord du précédent, pyramidal, l'Amdjer, un piton de phonolite. Et il enchaîne, me racontant qu'Amdjer est un homme et Tahararète une femme, qu'ils s'aimaient d'amour tendre, mais qu'Ilamane, le guerrier impétueux, était lui aussi épris de Tahararète. Amdjer mécontent fit des remontrances à son rival. Pour toute réponse Ilamane blessa son adversaire avec sa lance. Mais Amdjer se défendit âprement et porta deux coups de sabre à son agresseur, les deux entailles profondes de la collerette de l'Ilamane, qui abandonna la partie. Tahararète et Amdjer sont depuis ce jour unis, mais une source jaillit encore de la blessure de ce dernier.

Peu de temps après, Ilamane tomba de nouveau amoureux, mais de Tahat cette fois, un énorme dôme de phonolite, point culminant de l'Atakor (2 918 mètres). Il quitta l'endroit où il se trouvait, laissant à la place un grand trou, le cratère de Téguit n'Ilamane, et s'installa à côté de l'élue de son cœur, Tahat, où il se trouve encore, filant le parfait amour.

AU ROYAUME DES DJENOUN

Les semaines passent, chaque jour avec sa nouvelle moisson de découvertes. Parmi les plus marquantes, l'Essa, superbe gâteau gris peigné de mille stries, et, non loin de lui, comme autant de témoins pétrifiés de sa naissance, les clochetons de l'enceinte creuse de l'Immadouzène, un dôme éclaté. De-ci de-là, de petites colonies de cônes stromboliens, méduses bleutées, tachent la mer ocre aux vagues sablonneuses.

Alors que nous cahotons sur la piste défoncée, Litni s'affaire. Il déroule lentement ses quatre mètres de taguelmoust sali par la poussière du désert, puis en prend un autre, immaculé, et l'enroule avec dextérité autour de sa tête. Le front, le nez, la bouche disparaissent dans les plis élégants et serrés du voile. Puis il enfile ses deux manteaux l'un bleu roi, l'autre noir, soigneusement pliés à ses pieds. Au début, nous étions surpris par ces élans de coquetterie au milieu du désert. Mais nous avons vite compris : Litni mettait ses plus beaux atours pour traverser les villages, nous prévenant ainsi de l'approche de chaque agglomération. Nous ne devons pas être loin d'Hirafok. Quelques maisons, des palmiers, des jardins bien irrigués composent ce petit centre de culture du nord de l'Atakor. A peine avons-nous traversé l'oasis que Litni replie rapidement ses manteaux et remet son chèche de brousse ! La piste devient très accidentée car nous pénétrons dans le désert de Manzaz, couvert de boules de basalte jaunies par la patine des ans, restes d'énormes épanchements de lave fluide mis en place il y a vingt millions d'années.

« Litni, est-ce encore loin? interroge Jean-Marie.

— Encore un peu loin, deux jours-chameaux », précise notre guide.

Page 20 : Litni, notre guide touareg se taille un bloc de sel à Tissemt (Hoggar).

Notre notion du temps et du kilométrage échappe complètement au Targui; les distances, pour lui, s'expriment en « jour-chameaux ». Il semble de prime abord très simple de transformer cette mesure en « kilomètre-camion » puisqu'un dromadaire parcourt environ trente kilomètres par jour. Mais quand Litni nous annonce « trois jours-chameaux », puis rectifie « si chameau va vite, deux jours-chameaux » et qu'il oublie de nous dire qu'il faut tenir compte du détour pour trouver un pâturage, nous avons du mal à faire la conversion!

Sur des dizaines de kilomètres nous roulons dans un extraordinaire chaos de boules, d'œufs, de champignons et de fleurs granitiques gigantesques, aux formes étranges, entre lesquels notre camion, devenu petit hanneton bleu, se faufile bruyamment. La nature fantaisiste a creusé et sculpté le socle de granite qui scintille de tous ses cristaux.

« Ouksem, c'est là-bas! » s'exclame Litni, pointant son doigt à droite de la piste.

Cinq kilomètres de marche sont nécessaires pour atteindre les deux cratères d'Ouksem annoncés par d'importants dépôts de brèches d'explosions, pétris de cristaux géants d'amphibole noire, un silicate de fer, de magnésium et de calcium. Litni, familier des lieux, nous guide dans les éboulis pour descendre dans le plus grand des cratères, un puits profond de 150 mètres et large de 800 mètres. Son fond contient une source thermale qui dépose d'impressionnantes quantités de bicarbonate de sodium (d'*ouksem* en tamahaq) formant un magnifique tapis d'efflorescences de cristaux blanc jaunâtre aux ramifications délicates. Ce minéral âcre et amer a de multiples usages. Il se mélange au tabac à chiquer, soigne les maux d'estomac et sert à tanner les peaux. Litni, ravi, en fait une ample moisson.

Mais alors que le soleil descend à l'horizon, le Targui chargé d'ouksem semble tout à coup pressé de quitter les lieux. Il est inquiet et veut à tout prix nous arracher à l'étude des parois du cratère dont les strates nombreuses prouvent qu'il y eut une succession d'explosions dues au contact entre une nappe phréatique et une montée magmatique. Litni, n'y tenant plus, finit par nous avouer qu'il a peur car les *Kel-es-Souf* vont venir!

Intrigués, nous le regardons :

« Les quoi, Litni?

— Les *djenoun,* les mauvais esprits... » Puis il nous explique que, chaque nuit, ils viennent ici, nombreux. On les entend marcher et casser des cailloux. Ils hantent tous les cratères du Hoggar et châtient ceux qui les dérangent.

« Jamais moi rester ici la nuit, venez vite, il faut partir! » s'exclame-t-il.

Pour le rassurer, nous installons notre camp loin du cratère. Le lendemain matin, Maurice, qui avait abusé de dattes, a quelques ennuis intestinaux. Litni jubile : « Ce sont les djenoun, hier soir tu as cassé les cailloux dans leur domaine, ils t'ont puni, je t'avais prévenu! »

Une tisane de cinq herbes du désert soigneusement sélectionnées par notre Targui vont efficacement conjurer le mauvais sort jeté par les Kel-es-Souf et guérir Maurice. Souvent, au cours de nos explorations, Litni nous expliquera les vertus étonnantes des plantes du désert.

« SI NOUS TOMBER EN PANNE, NOUS TOUS MOURIR. »

Toujours plus au nord! Notre prochain objectif : les mines de sel de Tissemt dans l'Edgéré. La piste s'évanouit progressivement dans le sable. Litni, de ses yeux perçants, scrute l'horizon et fait signe au chauffeur de passer à droite de ce massif, à gauche de ce bosquet, entre ces deux blocs... Parfois il hésite, demande que l'on arrête et monte de son grand pas souple sur une colline où sa silhouette bleue gonflée par le vent ressemble à la voile d'un bateau juché au sommet d'une vague. Là, il se repère et revient, annonçant, sûr de lui, la direction à prendre dans l'enchevêtrement des collines et des vallées.

Il connaît parfaitement les pistes des cara-

Page 21 : Dépôt de sel dans un des cratères de Tissemt (Hoggar).

vanes, mais là où se faufile un dromadaire, un camion ne passe pas forcément! Enfin, après un dernier oued sablonneux, d'une centaine de kilomètres de long, où peinent nos quatre roues motrices, nous échappons au dédale des montagnes. L'horizon s'ouvre sur une étendue plate de sable roux où des dunes envahissent des cônes volcaniques. Deux cent quarante kilomètres de tout terrain ont été nécessaires pour atteindre Tissemt. Là, cinq cratères trouent le sol, découpés à l'emporte-pièce dans le socle par de violentes explosions. Tout le paysage recouvert de vaguelettes de sable semble frissonner d'une houle d'or. C'est tout juste si quelques replis noirs de lave cordée et de belles bombes fuselées pointent encore de la poussière orangée; c'est certainement le sol le plus martien de la Terre! Le fond du plus grand des cratères, l'Hahoumered, est boursouflé d'une multitude de coupoles de sel déposées par la lente évaporation d'un lac qui, il y a des dizaines de milliers d'années, contenait poissons et gastéropodes aujourd'hui fossilisés. Depuis des siècles, les Touareg exploitent cette richesse. Débitant le sel en plaques, ils l'échangent contre des dattes et du mil. Sans attendre, Litni se met au travail et se taille un énorme bloc de sel d'une quinzaine de kilos qu'il charge dans notre camion pour le rapporter à son campement.

Le lendemain, alors que nous faisons demi-tour, fonçant plein sud, notre guide nous annonce placidement :

« Si nous tomber en panne, nous tous mourir! »

Roland en lâche l'accélérateur!... Litni ne semble pas plaisanter. Et de nous dire que le puits le plus proche est à huit jours de marche dans le désert, de quoi mourir de soif!

Je frémis, me rappelant notre dernière mésaventure saharienne. Nous étions engagés très avant, en tout-terrain, dans l'oued Aokassit à l'est de Tazrouk réputé très difficile à cause de son sable fin déposé en couches épaisses, quand la boîte transfert commandant les quatre roues motrices du véhicule se brisa d'un coup. La situation n'était pas dramatique : trois heures de marche seulement nous séparaient d'un puits, mais nous nous sommes inquiétés pour notre camion, car avec deux roues motrices seulement il semblait voué à finir sa vie là, fiché dans le sable, loin de tout secours. C'était compter sans l'habileté de Roland qui dégonfla partiellement les pneus et passa, avec élan, à 80 kilomètres à l'heure, les tronçons délicats où l'ensablement semblait inévitable. Des dizaines d'arbustes passèrent sous la carrosserie, des blocs cognèrent dans les jantes mais le succès était au bout. De retour à Tamanrasset, l'unique garagiste de la ville, un mécanicien prodigieux capable de réparer n'importe quelle marque de véhicule avec des moyens de fortune, subtilisa la boîte transfert d'un vieux camion militaire français qui nous attendait à la casse... depuis vingt ans!

Mais là-haut, à Tissemt, la situation est tout autre. Une panne risque fort de nous être fatale car la piste fréquentée la plus proche est à plus de 250 kilomètres! Nous n'avons pas de radio pour signaler notre éventuelle détresse et nos réserves d'eau ne nous permettraient pas une longue attente. Chacun de nous imagine le pire, l'angoisse plane sur notre camp la nuit venue. Le silence du désert recouvert de son plafond d'étoiles devient lourd de menaces. Pour la première fois, notre solitude dans ce monde minéral nous pèse. Malgré la beauté des lieux, nous avons hâte d'arriver au but. Le lendemain, alors que Roland conduit le véhicule avec une infinie douceur, dressant l'oreille au moindre bruit suspect du moteur, une question revient sans cesse : « Litni, combien de jours-chameaux jusqu'à la piste principale? » Et lui, fataliste mais confiant en Dieu, de compter à rebours : « Neuf jours-chameaux, huit..., sept » ce qui nous donne plus que 250 kilomètres à marcher en cas de panne... plus que 220, 190. Le soir, rassurés, nous installons notre camp à « un jour-chameaux » de la piste Djanet-Idélès. Cette nuit, enfin, nous pouvons de nouveau apprécier le rituel de la préparation et de la dégustation du thé, plaisir simple et réconfortant après le cauchemar de cette journée tendue

Pages 24-25 : Guirlande de sel gemme du lac Assal (Rép. de Djibouti).

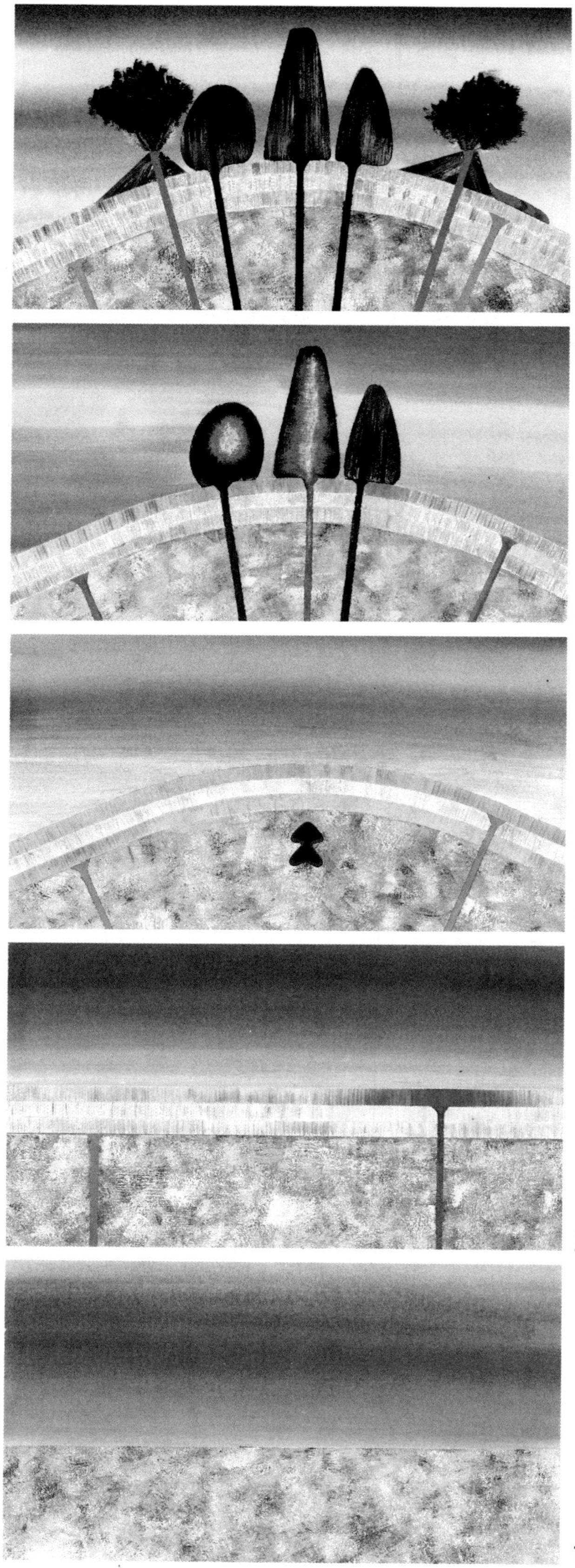

5
4
3
2
1

et harassante de camion et de poussière. L'obscurité merveilleusement étoilée se peuple de petits bruits familiers : les brindilles qui craquent dans le feu, l'eau qui chante, le froissement des manteaux de Litni qui accompagne ses gestes lorsqu'il prend la théière, qu'il brise le pain de sucre, qu'il verse le liquide de très haut pour bien l'aérer... Par petites gorgées nous buvons le thé brûlant dont le premier verre est fort, le second très sucré et le dernier aromatisé d'une herbe du désert, qui, ce soir, sent la pomme et le miel.

Le lendemain nous retrouvons, soulagés, le paysage familier de l'Atakor avec ses percées de dômes et d'aiguilles trouant les coulées basaltiques.

Alors que nous devinons déjà, au loin, la silhouette étirée de l'Adriane le camion toussote et s'arrête. C'est la panne d'essence! Nous avons fait 830 kilomètres et utilisé 320 litres d'essence, 40 litres aux cent en moyenne!

« Litni, il n'y a plus *essanès!* » (essanès est sa prononciation pour le précieux liquide). Le Targui, incrédule, sourit, persuadé qu'il s'agit d'une blague car Roland, qui est farceur, a souvent lancé cette boutade alors que nous étions loin de tout. Mais il faut se rendre à l'évidence : cette fois, c'est bien vrai!

« Si tu me donnes tes chaussures, je vais chercher essanès cette nuit », déclare le Targui à Maurice. Chaussures de montagne tant convoitées enfin siennes et jerricane à la main, Litni s'éloigne et disparaît derrière une dune de sable alors que la nuit tombe, sans lune. Nous sommes tous très impressionnés, persuadés que nous ne le reverrons pas de sitôt, car Tamanrasset est à 25 kilomètres à vol

1. Socle granitique pénéplané.
2. Mise en place d'immenses coulées de basalte superposées il y a quinze millions d'années.
3. Bombement de l'ensemble en dix millions d'années.
4. Percée des aiguilles et dômes de lave pâteuse au sommet du bombement il y a six millions d'années jusqu'à il y a 250 000 ans.
5. Mise en place sur les bordures de cônes stromboliens entre moins dix mille et moins mille ans.

d'oiseau. A 10 heures du matin, une *Landrover* s'arrête à côté de nous, Litni en descend, triomphant, nous apportant de l'essanès !

GENÈSE MOUVEMENTÉE AU CŒUR DU SAHARA

Six semaines de patientes recherches en Atakor au fil de 4 000 kilomètres de pistes et les travaux publiés par plusieurs autres volcanologues du désert nous ont permis de reconstituer dans ses grandes lignes la fantastique épopée de cette fabuleuse région volcanique à nulle autre pareille. Nous la dédions à Litni, notre guide fidèle, et tant pis s'il n'y croit pas, ses légendes sont tellement plus belles...

[1]Il y a vingt millions d'années, le Hoggar n'est qu'un vieux socle de granite que l'usure du temps, l'eau, le vent et même les glaciers ont aplani, arasé. Le climat tropical qui règne alors recouvre sa surface pénéplanée d'une épaisse couche de latérite rouge. [2]Mais voilà que soudain la Terre saharienne, si longtemps inerte, se réveille, prise de convulsions. Les vieilles fissures craquent, se rouvrent et lacèrent le socle de gerçures béantes, offrant un passage facile au magma profond impatient de jaillir. Le basalte coule, recouvrant de ses flots impétueux d'importantes surfaces. Les coulées innombrables remplissent les vallées, noient les dépressions, se superposent par dizaines. Comme pour rythmer le chuintement de la lave, quelques rares cratères naissent d'explosions violentes dans un feu d'artifice effrayant. Mais les millions d'années passent et le magma s'épaissit, construisant çà et là des dômes de lave pâteuse qui rampent sans grandeur sur le sol plat, comme la massive Tahat et l'imposant Assekrem.

Puis la Terre s'essouffle, le repos succède aux activités. Après cette accalmie, l'embrasement reprend de plus belle. [3]Il y a dix millions d'années, des poussées colossales bombent le vieux socle, le soulèvent par saccades. Mais l'érosion est là qui lutte et creuse le paysage. Les vieilles coulées de basalte durcies inversent leur relief, deviennent plateaux là où elles étaient vallées. La crise s'amplifie, le socle monte encore se bombant de mille mètres ! La Terre est grosse, elle va enfanter...

[4]Il y a cinq millions d'années, elle engendre. Les voici ses enfants, des dizaines d'aiguilles acérées et de dômes pâteux qui percent son apex et érigent, tous ensemble, une forêt de pierre, dont l'Oul, l'Essa, les Tesouiadje, l'Adriane et l'Iharen sont les fleurons.

[5]Puis, comme pour achever son œuvre, quelques millions d'années avant notre venue, elle laisse s'écouler des basaltes fluides, le temps d'ériger une vingtaine de cônes stromboliens accompagnés de leurs coulées de vallées. Enfin, peu à peu le calme revient. Mais aujourd'hui, le socle continue à se soulever de un centimètre par siècle, les sources du magma ne sont pas taries, l'Atakor se réveillera un jour, parole de volcanologue...

Notre dernière soirée saharienne sera pour Litni, l'homme qui ressemble à son désert, grand, majestueux, droit et rude. Il nous invite dans son campement au sud de l'Adriane. Les tentes de cuir rouge de notre guide se blottissent dans un oued barré d'une étrange muraille baroque de boules et de clochetons de granite ocre. Alors que le soleil se couche à l'horizon, les flots de chèvres noires coulent des collines avoisinantes poussés par de beaux enfants aux yeux noisette. Progressivement, les martèlements et les bêlements des bêtes s'apaisent. Litni nous abandonne au silence de la nuit pour aider sa femme à préparer le festin. Il épluche les oignons, tue et dépèce le chevreau, le fait griller méticuleusement sur le feu de bois qui crépite ; sa petite fille, intimidée, cachée derrière sa maman, nous observe à la dérobée.

Quel merveilleux souvenir plein de nostalgie, cette soirée passée sous la tente touarègue ! L'impression de vivre une autre époque, dans un monde imprégné de noblesse et de liberté, celui des Touareg, seigneurs du désert, dont l'avenir proche, hélas ! est de se fondre et de disparaître, anonymes, dans notre civilisation « moderne », fade et uniforme.

▲

Navigation entre les atolls de sel du lac Assal (Rép. de Djibouti).

◀ Exploration d'une banquise où la glace était du sel de cuisine (Rép. de Djibouti).

Baguettes de gypse et cubes de sel gemme tapissent le fond du lac Assal (Rép. de Djibouti). ▶

2- Dans la grande faille d'Afrique

POUR imaginer comment était l'océan Atlantique il y a deux cents millions d'années, alors que l'Europe, l'Afrique et les deux Amériques ne formaient qu'un seul bloc, il suffit d'observer la grande faille d'Afrique qui s'étire sur 6 500 kilomètres, de la Turquie au Mozambique. Ce gigantesque effondrement, ce *rift* (terme anglais signifiant « fossé », utilisé universellement par les géologues et les géophysiciens) qui commence au sud du lac Malawi, se dédouble au nord de cette dépression. La branche ouest forme la ligne des grands lacs : Tanganyika, Kivu, Edouard et Albert, qui, après avoir traversé le Burundi, le Rwanda, le Zaïre, se termine en Ouganda. La branche orientale, la célèbre « rift Valley », sillonne, elle, la Tanzanie, le Kenya, l'Éthiopie et la République de Djibouti.

Ces deux rifts sont secoués par des tremblements de terre, balafrés de fractures impressionnantes, ponctués d'édifices volcaniques nombreux dont les plus vieux ont quelques millions d'années, et les plus jeunes sont encore actifs aujourd'hui, tels le Nyiragongo et le Nyamuragira au Zaïre, l'Ol Doinyo Lengai en Tanzanie, l'Erta'ale en Éthiopie, l'Ardoukoba dans la République de Djibouti...

Tout géologue, toute personne passionnée par les sciences de la Terre, devrait faire son pèlerinage en Afrique de l'Est. C'est au cours de plusieurs missions que nous y avons nous-mêmes exploré et étudié de nombreux volcans.

Une zone y est particulièrement importante, la République de Djibouti, véritable carrefour tectonique de fissures béantes puisqu'il s'agit d'un « point triple » : trois dorsales, trois zones d'ouverture de l'écorce terrestre s'y rencontrent. L'une d'elles est la dorsale médio-indienne, prolongement de la dorsale médio-atlantique qui, après avoir sillonné le milieu de l'océan Atlantique depuis l'Islande, contourne l'Afrique du Sud pour remonter dans l'océan Indien et pénétrer dans le golfe d'Aden. La deuxième est le rift oriental de l'Est africain. La troisième passe en Afar et dans la mer Rouge et s'achève dans la mer Morte.

LA PLUS GRANDE GÉODE DE CRISTAUX DU MONDE

Au début de novembre 1976, nous atterrissons à Djibouti. Nous sommes trois : André Demaison, spécialisé dans l'audiovi-

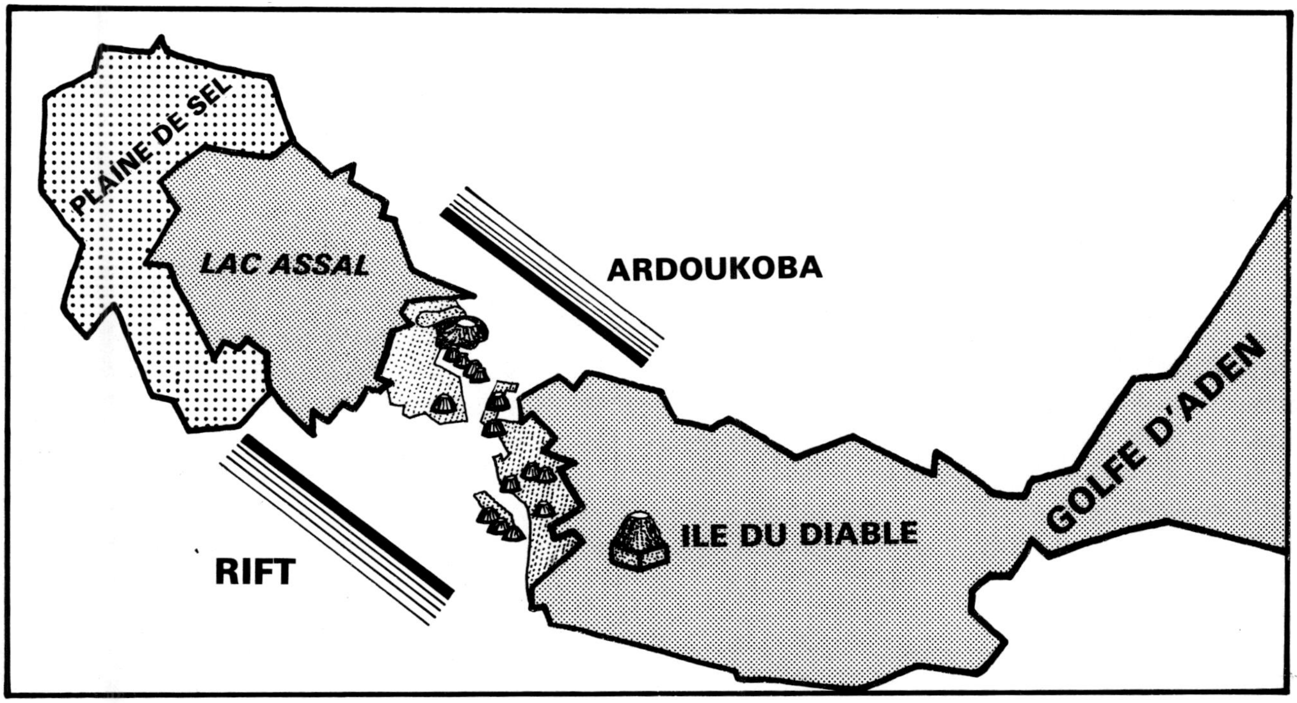

suel, s'est joint à nous. Passionné de volcanologie, il abandonne sa planche à dessin dès qu'il possède quelques économies pour aller contempler la genèse de la Terre dans ce monde grandiose et merveilleux des volcans. A notre descente d'avion, nous sommes accueillis par les professeurs Clin et Boucarut de l'université de Bordeaux ; ils étudient depuis des années cette région, dans des conditions climatiques souvent très difficiles, pour en dresser la carte géologique. Malgré la fatigue du voyage dans un avion plein à craquer, nous entamons avec eux une discussion passionnée sur le phénomène de la dérive des continents qu'on appelle aujourd'hui « la tectonique des plaques ». Puis, après quelques heures de repos, nous récupérons le camion tout-terrain, remorque et trois tonnes de matériel envoyés par bateau de la Compagnie générale maritime, un mois plus tôt, de Marseille. L'après-midi sera consacré à trier, ranger, préparer l'équipement de terrain.

Dès le lendemain, nous quittons Djibouti pour le lac Assal. Avec quel plaisir intense nous redécouvrons — il s'agit de notre troisième séjour dans ce paradis du géologue — ce paysage désertique. Les vieilles coulées empilées en plateaux, les volcans aux formes douces, les fissures béantes ou comblées de lave s'étalent devant nous comme des pages gigantesques du roman de la Terre où se succèdent les grands événements géologiques qui ont secoué cette partie du globe.

Dans ce désert parsemé de blocs de basalte sombres, patinés, éclatés et arrondis par le vent, les fortes variations de température et les rares pluies torrentielles, la vie surgit à chaque instant : touffes d'herbes jaunes, épineux aux minuscules feuilles vertes, bergers, troupeaux de chèvres, dromadaires, antilopes, oiseaux... des vies qui mangent, boivent, s'épanouissent là où nous ne voyons qu'un chaos minéral, hostile et torride.

Tout à coup, au détour de la piste, apparaît la dépression d'Assal et son lac situé 155 mètres au-dessous du niveau de la mer. Ce lac est dix fois plus salé que l'eau des océans, avec une concentration de 348 grammes de sel par litre. Des forages y ont mis en évidence des dépôts de sel de 20 à 80 mètres d'épaisseur.

Le paysage est d'une rare beauté. Le lac bleu marine et turquoise est griffé d'émeraude et de jaune ; sa bordure est ourlée de franges brunes et violettes. De-ci, de-là, des icebergs dentelés et des atolls parfaitement

Pages 32 (haut) : L'« île des Diables » : un volcan formé sous la mer et aujourd'hui exondé. *(Bas) :* L'Ardoukoba, le volcan que l'on n'attendait pas.

ronds déchirent l'eau de leur blancheur immaculée; ce sont des dépôts de sel gemme (chlorure de sodium) qui n'est autre que du sel de cuisine! Au loin, en toile de fond, les montagnes bleutées et violacées se noient dans la brume du ciel. A nos pieds, d'épais dépôts ocre de cristaux de gypse (sulfate de calcium) s'effondrent en un chaos de blocs basculés jusqu'au bord du lac. A l'ouest, des murailles de lave sombre, des dykes, se sont injectées dans la masse claire gypseuse. Au sommet de ces empilements sédimentaires sont perchés des boudins, des polochons de basalte noir vitreux, qui ne peuvent s'être épanchés que sous l'eau. Il faut donc en conclure qu'autrefois le niveau du lac était à une cinquantaine de mètres plus haut. Ce fait est confirmé par la présence au bord de la piste qui surplombe la dépression de nombreuses buttes témoins blanches riches en petits coquillages de lac, en « mélanias », datés d'il y a 8540 $\pm$ 180 ans, ainsi que de pitons friables de calcaire gris à l'aspect ruiniforme construits par des sources chaudes et des algues sous-lacustres.

L'arrivée au rivage du lac Assal nous donne l'impression d'être des lilliputiens qui pénètrent dans une gigantesque géode où scintillent des milliards et des milliards de fabuleux cristaux. Une immense forêt de pointes, de gerbes et de rosaces de gypse couleur miel, en tapisse le fond, alors que des myriades de pyramides et de cubes blancs de sel gemme sont amoncelés en récifs étincelants, en choux-fleurs, en guirlandes pétrifiées sur les bords du lac.

Le vent très violent, fréquent dans la dépression, agite l'eau, et les embruns chargés de sel retombent sur les dépôts, contribuant à leur croissance. Les branches apportées par les oueds, les cadavres d'oiseaux et d'insectes tombés dans la saumure du lac sont recouverts en quelques jours d'une carapace pailletée de cristaux de sel les faisant ressembler à autant d'ornements givrés de sapin de Noël. L'évaporation intense dans cette dépression torride et le taux de cristallisation en sel gemme et en gypse très élevé expliquent facilement que l'épaisseur de l'encroûtement cristallisé augmente d'un centimètre par mois.

Après avoir longé le bord ouest du lac nous atteignons la banquise de sel qui occupe le fond de la dépression sur 57 kilomètres carrés; nous zigzaguons sur l'immense étendue éblouissante de cristaux avec l'impression d'explorer une autre planète où seul le minéral existe, immuable depuis la nuit des temps. Les roues du véhicule crissent et écrasent des millions de petites excroissances cristallines qui sont autant de joyaux fragiles et délicats qui craquent et s'effritent sur notre passage.

Nous décidons d'établir notre camp au bout du lac, près de la station météorologique, où une petite baraque en bois, rudimentaire, nous servira de bureau, de cuisine et de dépôt de matériel; mais impossible d'y dormir car les rafales de vent soulèvent avec fracas les plaques de tôle du toit et font claquer porte et volet; aussi préférons-nous bivouaquer à quelques mètres de là, derrière une petite butte. Enfouis dans nos duvets, car les nuits sont fraîches, nous plongeons nos regards dans l'univers qui brille de ces millions d'étoiles au-dessus de nos têtes, on dirait une autre banquise, scintillante, mais noire, celle-ci...

A peine les premières lueurs de l'aube éclairent-elles l'horizon que les mouches nous envahissent; des dizaines de pattes velues nous chatouillent le nez, la bouche, les oreilles, supplice bourdonnant et insupportable. Pour y échapper il n'y a qu'une solution : se lever et bouger, bouger, bouger! Les journées passent vite à explorer cette zone fabuleuse où nous ne nous lassons pas d'admirer les formes variées à l'infini des cristaux, les arabesques gracieuses des atolls, l'azur incomparable de l'eau. Nous voguons entre les récifs blancs tels des explorateurs polaires entre des icebergs, navigation périlleuse pour le bateau de caoutchouc car de nombreux écueils de gypse et de sel gemme sont à fleur d'eau et dressent leurs pointes dures et acérées vers la surface. En cas de naufrage, même celui

Page 33 : Fissure déchirant une coulée près du lac Assal (Rép. de Djibouti).

qui ne sait pas nager peut être rassuré : on flotte irrémédiablement sur cette saumure, impossible même d'y plonger sans ceinture de plomb !

Nos journées se déroulent avec leurs habitudes et leurs rites. Neuf heures et dix-sept heures sont les moments de vacation radio avec le centre de géologie de Djibouti qui brisent pendant quelques instants la solitude de notre île de cristaux et de lumière. A midi, il fait si chaud, 45 degrés à l'ombre, et la lumière est si éblouissante que nous nous glissons dans une fente entre deux rochers pour y trouver un peu d'ombre tiède. Le clapotis rafraîchissant des vagues nous appelle, promesse illusoire car la saumure est chaude et gluante, pique et brûle la moindre égratignure. C'est le moment du repas : sardines, pâtés, pain dur, gâteaux secs, fruits que nous arrosons de l'eau de Djibouti cuite et recuite par le soleil d'Assal. Elle est très minéralisée, on dirait de l'eau de Vichy non gazeuse et concentrée. Le plus difficile est de s'habituer à l'arrière-goût d'eau savonneuse salée du thé et du café !

Chaque soir, le corps couvert de paillettes de cristaux, les vêtements cartonnés de sel, nous quittons le bord du lac pour nous enfoncer dans une petite vallée encaissée dans d'épaisses coulées de basalte. Tout au fond, nous attend un bassin d'eau douce fraîche, elle n'a que 35 degrés ! Avec délice, nous nous y plongeons gardant bottes et vêtements pour les rincer et dissoudre les dépôts de sel de la journée. Quel plaisir d'y rafraîchir notre peau brûlée par le soleil et l'eau salée ! Plus en aval, des sources chaudes à 72 degrés sourdent de la rivière et vont s'écouler dans le lac. Nous y découvrons avec étonnement de minuscules poissons gris striés de bleu, des *aphanius,* parfaitement adaptés à leur milieu, évoluant dans des eaux salées à une température de 45 degrés. S'ils ont l'imprudence de s'aventurer plus en amont, ils sont cuits, s'ils descendent plus en aval, ils sont brûlés dans la saumure d'Assal. Une survie dans un tout petit créneau que la nature hostile leur a cédé.

Un beau matin, alors que je rédige quelques notes devant notre cabane, un bruit de pas me fait lever la tête. Devant moi s'est arrêté un nomade de la tribu des Afars ; silencieux, il m'observe de ses grands yeux brun clair. Il a le nez droit et long, les cheveux crépus, la barbe grisonnante, la peau d'un noir d'ébène, un corps mince ceint d'une jupe de tissu rude écru roulé à la taille. A la ceinture il porte une petite gourde en peau de chèvre et un énorme couteau-sabre servant à couper le bois, la viande, le cuir et l'ennemi si nécessaire. Sur son épaule, pend un deuxième bout de tissu où de nombreux nœuds isolent des poches de toutes les tailles ; il y loge allumettes, tabac et nourriture. A ses pieds, des sandales de cuir blanc le protègent des épines, des éclats de roche et du sel coupant. Nous lui offrons de l'eau, du sucre, du tabac. Il connaît quelques mots de français et nous montre, précieusement rangées dans une pochette de tissu sur sa poitrine, ses cartes d'identité et... d'électeur.

Il reviendra parfois nous rendre visite, son campement étant probablement installé dans une des vallées encaissées proches du lac Assal. Un matin, alors qu'il vient d'engloutir le contenu d'une boîte de sardines et une demi-miche de pain, Maurice lui demande la permission de le filmer : avec un grand sourire, il tend sa main ouverte et demande *flouz,* mot arabe signifiant « argent ». Après avoir compté longuement les pièces que nous lui offrons, il accepte et pose. Quand, à son tour, André veut faire quelques photos, il faut à nouveau lui régler un petit salaire : les bienfaits de notre civilisation colonisatrice, probablement... Chaque fois que nous rencontrerons des Afars, nous serons émus et impressionnés par leur adaptation au monde hostile, dur et sans pitié du désert où ils s'acharnent à survivre ; le mot vivre serait impropre, car leur existence précaire est une lutte quotidienne pour arracher au désert ce minimum vital qui leur permet d'exister sans jamais connaître l'abondance.

Nous avons également la visite de Français. Un hélicoptère de l'armée nous dépose tour à tour préfet, chargé de mission, et

Page 36 : Le lac Assal, une gigantesque géode de cristaux (Rép. de Djibouti).

sous-ministre en mal d'exotisme qui se font un point d'honneur de sabler le champagne dans ce lieu qu'ils ne méritent pas, tout en nous quémandant quelques morceaux de sel-souvenir qu'ils n'ont pas le temps d'aller extraire du lac. Un autre hélicoptère, celui de la marine, faisant régulièrement des reconnaissances au-dessus d'Assal, atterrit parfois pour vérifier si nous n'avons besoin de rien. Délicate attention, il nous apportera plusieurs fois de Djibouti du pain frais, croustillant et encore chaud ! Un matin, alors que les mouches viennent de nous réveiller, nous voyons arriver, exténués par une marche de nuit de trente kilomètres, une colonne de légionnaires. Les présentations faites, les officiers nous demandent une leçon de géologie et de volcanologie pour leurs troupes ; et voilà Maurice enseignant à ces guerriers la dérive des continents qu'illustrent parfaitement les reliefs en gradins découpant l'horizon au bout du lac.

LE VOLCAN QU'ON N'ATTENDAIT PAS

Si Assal est fascinant par son étrange beauté, le relief qui le barre au sud et le sépare de la mer est pour nous une mine de renseignements, un exemple vivant de tectonique des plaques. C'est là que la dorsale médio-indienne, écartant depuis trente millions d'années l'Arabie de l'Afrique, pénètre dans le continent. Le rift apparaît distinctement avec son bombement central bordé de part et d'autre de panneaux basculés, effondrés en marches d'escalier. Un volcanisme très jeune ponctue le fond du rift de cratères noirs et rouille ; il est à l'origine du chaos impressionnant et infranchissable de dalles, de tunnels effondrés, de chenaux, d'éboulis, de champs de scories, formés par d'innombrables coulées de lave déchirées, balafrées de fissures béantes. Lorsqu'on survole cette zone, et nous l'avons fait de nombreuses fois grâce à un hélicoptère de l'armée, on croit voir la Terre s'ouvrir pour libérer ses flots de basalte et la dérive des continents se faire sous nos yeux. Ici, le 8 novembre 1978, après plus de 800 séismes annonciateurs, d'énormes fractures se sont ouvertes, dilatant d'un coup tout le rift de un mètre cinquante et provoquant un affaissement de son plancher de près de un mètre ! L'une des fractures s'enfonça assez profondément pour accéder à une poche de magma stockée à quelques centaines de mètres sous terre. La lave jaillit pour créer un nouveau volcan, l'Ardoukoba, crachant des fontaines de lave à 1 100 degrés et vomissant moult coulées, à la stupéfaction et à la grande joie des volcanologues.

Nous-mêmes avons envoyé un cinéaste sur place pour filmer cet événement qui ne s'était plus produit là depuis des millénaires, et pour assister à l'agonie du petit monstre car, dès le 14 novembre, à peine une semaine après sa naissance, il mourait exténué, après avoir émis 15 millions de mètres cubes de basalte et construit un cône de 40 mètres de hauteur. Pour la première fois, les volcanologues purent observer l'ouverture d'un continent, le mécanisme intime de la dérive continentale en action. Celui-ci ne se fait donc pas de façon continue mais par saccades, l'ensemble du rift semblant s'ouvrir de un mètre cinquante par siècle en moyenne !

Mais poursuivons notre survol aérien. Nous voici déjà sur le flanc sud-est du rift, là où, tel un serpent de mer, il s'enfonce dans le golfe de Tadjoura. Les tentacules sombres d'une gigantesque pieuvre minérale volcanique rampent et se perdent dans le bleu intense de la mer. Plus loin, tachant l'azur de l'Océan, un étrange volcan ocre en forme de meule de foin légèrement déprimée en calice au sommet : Ginni Koma (l'île des Diables), née sous la mer. Le contact extrêmement brutal entre l'eau et le magma brûlant engendra ici de violentes explosions qui pulvérisèrent la lave en cendres fines et édifièrent le cône. Puis, bien plus tard, ce dernier fut soulevé hors de l'eau de plusieurs dizaines de mètres par des forces colossales comme le prouvent les importants dépôts d'huîtres situés à l'air libre près du sommet de l'édifice. Cet épais banc de coquillages qui sont

Page 37 (haut) : Fissure éruptive couronnée de cratères, et coulées près de l'Ardoukoba (Rép. de Djibouti). *(Bas) :* Nomades afars (Rép. de Djibouti).

tous percés de trous, regorge d'outils de basalte car nos ancêtres, les hommes préhistoriques, venaient sur Ginni Koma pour déguster des milliers d'huîtres ! Déjà gastronomes, quatre mille ans avant notre ère !

Au fil des semaines, nous poursuivons nos passionnantes explorations géologiques dans cette zone privilégiée de la planète, la seule avec l'Islande à dévoiler sur la terre ferme les secrets des dorsales océaniques qui, partout ailleurs, sont sous-marines. Nous ne nous lasserons pas de sillonner cet Afar méridional, paysage de début du monde, où naîtra bientôt un océan tout neuf qui aura peut-être, dans deux cents millions d'années, la... largeur de l'Atlantique !

Mais Djibouti possède un autre joyau qui, lui aussi, retient toute notre attention de volcanologues amoureux de la Terre : le lac Abbé, au sud-ouest, à la frontière avec l'Éthiopie. Sur sa rive orientale, des forêts de pitons ruiniformes ayant jusqu'à 65 mètres de haut s'alignent sur des fractures. Quelques-uns surgissent en îlots déchiquetés dans le lac. Ces cheminées creuses se sont formées il y a plusieurs milliers d'années sous l'eau d'un ancien lac, au fond duquel des sources chaudes riches en calcium s'échappaient et déposaient peu à peu leur calcaire, construisant ainsi ces curieuses colonnes. Plus tard, le niveau du lac baissa, dévoilant sa multitude de fascinants reliefs dentelés. Certaines de ces cheminées sont toujours actives et émettent à leur sommet des fumerolles dont la température atteint une centaine de degrés. Voler en hélicoptère entre ces pitons irréels est l'une des plus belles visions de l'univers, on se croirait sur la Lune dans le décor d'un film de Méliès, frôlant ici une fumerolle, là, la cime acérée d'une aiguille ruiniforme, ailleurs, une muraille à pic qui se dresse, tel un château hanté érigé par une civilisation de géants aujourd'hui disparue.

SUR UN POINT CHAUD DE L'AFRIQUE

Mais revenons sur Terre, et poursuivons notre fantastique programme volcanologique en descendant la Grande Faille d'Afrique. Après avoir mis toutes nos observations scientifiques à jour, envoyé par bateau les centaines d'échantillons de roches volcaniques récoltés (nous en avons déjà amassés plus de dix tonnes, du monde entier, dans notre Centre de Volcanologie Vulcain), nous nous dirigeons vers le sud avec notre camion tout-terrain attelé d'une remorque. Tout le monde nous conseille pourtant de prendre le train plutôt que la route, car l'Éthiopie est en guerre et maîtrise difficilement les invasions somaliennes ; c'est un point chaud, non pas volcanique mais politique, de l'Afrique. Nous quittons la République de Djibouti à Ali Sabieh, coquet village de maisons cubiques blanchies à la chaux, qui a pour toile de fond de magnifiques montagnes aux pics bleutés. Le poste frontière semble sortir d'un livre d'images avec son petit fort immaculé où ne manquent ni les créneaux, ni la tour ornée d'un drapeau flambant neuf. A la frontière éthiopienne de Daouanlé, des hommes en uniforme, armés, font une fouille systématique de notre camion et de la remorque. Le lendemain matin, alors que nous nous apprêtons à repartir, d'autres hommes se présentent : ce sont les douaniers. Nous nous étonnons :

« Mais la fouille a déjà été faite hier. »

On nous rétorque que c'était la fouille de la police et qu'il nous faut maintenant nous soumettre à celle de la douane. Tout recommence : ... et une chaussure, et une boîte de sardines, un slip, une tente, une lame de ressort de camion, un bidon d'eau, une brosse à chaussures sont extraits tour à tour du véhicule... Au bout de six heures, devant une foule grouillante qui dévore des yeux tous les objets qui s'étalent un à un sur la place du village, l'inventaire absolument complet est dressé, rédigé en éthiopien ; rien n'a été oublié, même pas les lacets de rechange de ma paire de chaussures de montagne. Il est vrai que l'Éthiopie, sous influence soviétique, cultive une bureaucratie paperassière qui, malgré notre patience extrême, nous met hors de nous ! Nous partons enfin. A

Pages 40-41 : Les cheminées fumerolliennes carbonatées d'une hauteur de dix à trente mètres du lac Abbé (Rép. de Djibouti).

trois kilomètres de là, un autre village nous attend. Déjà douaniers et policiers se précipitent sur notre passage, nous ralentissons, leur faisons de grands signes amicaux mais décidons d'éviter un troisième inventaire en ne nous arrêtant pas ! Leur déception fut probablement grande car nous étions le premier véhicule à passer par là depuis des semaines ! Peu de temps après, deux pistes s'offrent à nous. Nous choisissons la plus fréquentée et aboutissons quelque quinze kilomètres plus loin à un camp militaire ; des hommes surpris et effrayés courent vers nous et nous somment de faire demi-tour en pointant leurs armes. S'agissait-il d'un camp de prisonniers, de rebelles éthiopiens ou encore de Somaliens, nous ne le saurons jamais ! Pendant 180 kilomètres nous ne verrons plus âme qui vive ; la piste difficile progresse dans un paysage dramatique où s'étale à perte de vue une mer blonde et houleuse de hautes herbes, ponctuée d'innombrables termitières brunes qui pointent leurs tourelles baroques sur un ciel noir d'encre. Parfois, un oued rompt la monotonie du plateau ; notre camion tout-terrain encombré de sa grosse remorque de chantier peine dans le lit de la rivière, s'ensable, se coince dans les blocs, repart, s'enlise de plus belle. La situation est d'autant plus inquiétante que nous sommes seuls et sans radio. En cas de panne nous aurions une centaine de kilomètres à marcher sans aucun point d'eau, sans armes, dans une zone où rôdent des lions et... des rebelles : de l'inconscience ! C'est avec un immense soulagement que nous atteignons enfin la ville de Dirédaoua, d'autant plus que notre remorque surchargée donne des signes de faiblesse ; les crevaisons se multiplient. Nous hissons finalement la remorque dans la camionnette d'un marchand de légumes et faisons le lendemain une entrée triomphale dans Addis-Abeba en embrochant, avec le timon qui dépasse du véhicule, le pare-brise d'un autobus dont le chauffeur, distrait, a omis de freiner au feu rouge ! L'accident, bien que nous ne soyons pas en tort, nous coûte cher, car il n'y a plus de pare-brise de rechange dans la capitale éthiopienne : le bus sera donc inutilisable pour des mois !

Prudents, nous laisserons l'encombrante remorque et un surplus de bagages en douane à Addis en pensant les rapatrier, à notre retour du Kenya, sur Djibouti par le chemin de fer.

Notre séjour en Éthiopie sera de courte durée car le climat social et politique du pays n'est guère favorable aux visites géologiques. Malgré les solides appuis dont nous disposons à l'université et l'ambassade de France, malgré les innombrables démarches que fait Maurice, quinze jours durant du matin au soir, dans les ministères, directions et services publics, déployant des trésors de diplomatie, rien n'y fait : nous ne pourrons pas réaliser notre programme en Afar. La rébellion érythréenne est à son comble et tout étranger, à moins qu'il ne soit russe ou cubain, est soupçonné d'être un agent de la C.I.A. américaine : « ... un affameur des populations laborieuses, responsable de tous les malheurs de l'Éthiopie » d'après le commentateur de la radio d'État éthiopienne ! Nous passerons cependant une semaine exaltante dans la vallée de l'Awash, riche en imposants volcans comme le Fantale, en compagnie de Bill Morton, jeune volcanologue anglais très qualifié, professeur à l'université d'Addis-Abeba, et de ses étudiants. De retour en France, nous avons continué à échanger avec lui idées et renseignements géologiques, puis a suivi de sa part un long silence inexplicable, jusqu'au jour où une lettre de son assistant éthiopien nous annonça la terrible nouvelle : « Bill avait été fusillé dans la capitale ». Il aimait trop ses étudiants...

Après avoir longé les lacs accumulés dans la dépression du rift, gravi les volcans s'égrenant telle une rangée de clous à grosse tête enfoncés dans une longue fente, nous atteignons la frontière du Kenya, non sans avoir risqué une fois encore nos vies de volcanologues errants car les derniers 500 kilomètres, bien que pourvus d'une excellente route dans un désert plat, sont souvent investis par des Somaliens qui, à coup de bazooka, tirent sur tout ce qui bouge. Mourir sur un volcan oui, mais être abattu comme un lapin dans une chasse à l'homme, certainement pas !

Du côté éthiopien une lettre de recommandation nous évite un nouvel inventaire de notre matériel. Le douanier kenyan, lui, voyant notre camion rempli jusqu'au plafond nous dit dans un anglais parfait :

« Ne me donnez pas plus de travail que je ne pourrais en faire... ».

Sur ces mots, d'un geste las, il nous fait signe de refermer la porte arrière du véhicule, car il est six heures moins le quart, et son service prend fin. Premier contact avec ce pays moderne parfaitement adapté et équipé pour le tourisme où l'on se promène comme on le désire, où l'on ramasse librement tous les échantillons de roche et où la chasse aux mammifères, y compris l'homme, est interdite !

LA CORNE DE L'AFRIQUE : UNE ÎLE INDÉPENDANTE

Mais comment est née cette grande vallée encaissée que nous venons d'emprunter en Éthiopie et que nous comptons explorer au Kenya et en Tanzanie ?

Géologues et géophysiciens ont longuement ausculté ce rift, cette déchirure de la Terre, et ont peu à peu déchiffré son histoire. Il y a bien longtemps, existait ici un socle très ancien, précambrien, raboté par les millions d'années, plusieurs fois submergé par les mers puis exondé. Enfin, il y a 23 millions d'années la Terre lentement s'y soulève. Un gonflement provoqué par de colossales montées de magma apparaît en Éthiopie, un deuxième au Kenya et en Tanzanie. A l'emplacement de ces bombements, de ces intumescences, la croûte terrestre se distend, s'amincit, casse, se fracture, des flots de basalte montent, s'écoulent à la surface et s'accumulent sur de grandes épaisseurs. Aujourd'hui, on les retrouve empilés comme des assiettes dans les plateaux éthiopien et somalien, au Yémen, sur les bordures du rift kenyan et tanzanien. Ensuite, tandis que le volcanisme se poursuit, le soulèvement s'arrête une première fois. Des sillons embryonnaires se creusent là où existent à présent la mer Rouge, le golfe d'Aden et les grands lacs de l'Est africain. Plus tard, il y a treize millions d'années, une nouvelle poussée magmatique se produit sous les deux bombements ; des effondrements considérables commencent à affaisser leur zone sommitale. Le magma basaltique brûlant provoque en montant une fusion partielle de la croûte continentale riche en silice, l'assimile en partie et, de ce fait, devient pâteux. Des phases explosives violentes, aux laves visqueuses, alternent alors avec des coulées de basalte fluides. Des chapelets de volcans pointent au fond du rift naissant et le comblent en partie. Sur son bord est, grandissent des volcans imposants comme le mont Kenya. Puis, il y a trois ou quatre millions d'années, un dernier soubresaut soulève une ultime fois les deux bombements dont les voussures s'effondrent, se fracturent et se dilatent intensément, donnant à l'est de l'Afrique son aspect actuel de continent déchiré. Les escarpements qui bordent le rift atteignent aujourd'hui jusqu'à 2000 mètres de haut, mais s'il n'y avait pas eu d'aussi nombreuses éruptions pour combler partiellement sa partie médiane, ce dénivelé serait de 3000 à 4000 mètres !

De nos jours, l'écartèlement, la dislocation du continent Est africain se poursuit, entraîné par des tensions très fortes dues aux gigantesques mouvements du magma en profondeur, sous l'écorce. La mer Rouge et le golfe d'Aden s'ouvrent d'un ou deux centimètres par an en moyenne, le rift du Kenya d'à peine cinq millimètres ! Des millions d'années de querelles de frontières se dérouleront encore avant que la dérive ne sépare la corne de l'Afrique des autres pays, la transformant en île. Mais les nations seront peut-être unies d'ici là, car dans cinquante millions d'années la Méditerranée

Page 44 : Forêt et lichens sur les pentes du Kilimandjaro (Tanzanie).

sera fermée, Alger touchera Marseille... et si cela ne suffit pas, dans deux cents millions d'années la plupart des continents ne formeront plus qu'un seul bloc, qu'un seul radeau errant, San Francisco touchera Pékin, mais Paris sera toujours à la même distance de Moscou...

LES NEIGES DU KILIMANDJARO

« De la neige sous les tropiques, c'est impossible ! » s'écrièrent les érudits et les hommes de science quand John Rebmann, missionnaire allemand, leur annonça en 1848, dans son récit de voyage au pays des Chagga, qu'il existait en Afrique une haute montagne couverte de neiges éternelles : le Kilimandjaro. Les premières tentatives d'ascension du plus haut sommet d'Afrique (5 898 mètres) ne datent que de 1861, car l'hostilité des tribus vivant autour du volcan, ainsi que les conditions climatiques, souvent épouvantables (froid, pluie, air raréfié) découragèrent plus d'un explorateur. Un missionnaire, Charles New, fut le premier à atteindre la limite des neiges éternelles le 28 août 1871. Entre 1883 et 1889, plusieurs expéditions se soldent par des échecs.

En 1888, Hans Meyer, géographe allemand, échoue très près du but, à 5608 mètres; mais lors d'un deuxième essai, accompagné par un montagnard chevronné, Ludwig Purtscheller, il réussit et atteint le sommet du Kilimandjaro le 5 octobre 1889, un formidable exploit pour l'époque, sûrement un moment exaltant qu'aimerait vivre tout alpiniste.

Aujourd'hui, l'ascension de ce sommet s'effectue facilement et l'on peut voir des colonnes de touristes, grimpant sur les pentes du volcan, accompagnés de guides, de porteurs et même de cuisiniers ! La montée est parfaitement organisée ; des refuges confortables sont disposés aux étapes, distantes chacune d'une douzaine de kilomètres. Il faut trois jours et demi pour monter au sommet et un jour et demi pour redescendre si l'on prend la piste classique à partir du village de Marangu en Tanzanie.

Page 45 : « Les neiges éternelles du Kilimandjaro » (Tanzanie).

Le Kilimandjaro est un édifice volcanique très impressionnant assis sur une base de 80 kilomètres de long sur 48 de large. Il est né il y a plus d'un million d'années. Trois centres d'activité principaux le composent ; le plus jeune est Kibo (5 898 mètres), un cône parfaitement conservé, couvert de glaciers et couronné de plusieurs cratères concentriques. Mawenzi (5 149 mètres), plus ancien, est démantelé par l'érosion et présente un aspect ruiniforme de murailles et de clochetons déchiquetés. Le centre volcanique le plus ancien est Shira qui, à la fin de son activité, était une montagne d'environ 5 000 mètres de haut ; il s'est ensuite effondré et a été profondément érodé pour former un plateau qui culmine à 4 006 mètres. De nombreux petits cônes parasites parsèment les pentes inférieures de l'énorme massif du Kilimandjaro.

Contrairement aux quatre mille grimpeurs qui, pour le seul plaisir de vaincre le monstre, tentent chaque année l'ascension de ce géant africain mais s'arrêtent à Gillman's Point, le premier sommet, nous voulons, nous, aller jusqu'au cratère même de Kibo, ce qui rallonge l'excursion d'une bonne journée. Voilà qui complique la tâche des officiels installés à l'entrée du parc; nous bousculons les habitudes et leur parfaite organisation. Ils essayent d'abord de nous en dissuader. Rien n'y fait. Des discussions interminables s'engagent pendant qu'arrivent en boitant, appuyés sur des cannes, tant ils ont de courbatures et d'ampoules, les conquérants de l'inutile des jours précédents. C'est complètement épuisés, exténués pour la plupart, qu'ils reçoivent un diplôme du service des parcs tanzaniens consacrant leur ascension. Finalement, notre départ prévu pour la matinée a lieu en fin d'après-midi et notre caravane de huit porteurs et trois guides, les meilleurs du Kilimandjaro, s'élance allégrement à travers la forêt aux grands arbres, aux sous-bois touffus où s'épanouissent des milliers de framboisiers. Je n'ai, hélas! pas le temps d'en cueillir les fruits charnus et juteux car il y a six kilomètres à parcourir avant la nuit et nos lampes de poche sont, comme d'habitude, dans les sacs des porteurs qui, comme toujours, courent loin devant nous ! L'obscurité tombe. Après avoir trébuché dans les racines et les blocs, nous atteignons Mandara (2770 mètres d'altitude) et ses petits chalets triangulaires en bois pouvant abriter chacun quatre personnes. Avec tout ce qu'on nous a raconté sur cette terrible ascension, nous sommes un peu inquiets et observons à la dérobée ceux qui redescendent, ceux qui savent... La plupart grimacent de douleur en se traînant avec peine jusqu'au point d'eau ; certains n'ont même plus cette force, terrassés par les maux de tête et la fatigue. Il y en a de tous âges et de tous gabarits !

Tôt le lendemain, nos guides viennent prendre le thé ; ils feront ainsi chaque matin et chaque soir, blaguant, discutant et nous appelant respectueusement *baba* et *mama* (« père » et « mère »), alors qu'André devient Toto, *mutoto* en swahili signifiant « l'enfant », surnom qu'il gardera à tout jamais pour nous. Les porteurs nous pressent de partir. Ils empoignent les sacs et disparaissent rapidement alors que les guides resteront toujours près de nous, vigilants, surveillant nos signes de fatigue, nos essoufflements et nous imposant les haltes habituelles. Durant cette deuxième étape, nous traversons à nouveau des forêts denses. Aux branches s'effilochent de longues franges vert pâle de lichens qui se meuvent doucement dans la lumière glauque des feuillages. Les rayons de soleil percent la voûte végétale et éclatent dans les gouttes de pluie qui perlent le long des ramures et des toiles d'araignée. La forêt s'arrête brusquement et un mauvais sentier noir et glissant creuse son étroit sillon dans des prés fleuris bourdonnant d'abeilles. Loin devant nous, la coupole glacée et majestueuse de Kibo scintille, alors qu'à droite la crête déchiquetée de Mawenzi se découpe dans le ciel bleu. Progressivement, la végétation devient alpestre et, çà et là, les étranges séneçons dressent, sur des troncs épais et bruns, leurs plumeaux de grandes feuilles vert vif et arrondies. Lentement, les sommets s'emmitouflent dans l'ouate grise des nuages qui coulent jusqu'à nous et nous engloutissent à notre tour. A une heure de l'après-midi, alors que la pluie menace, les chalets « norvégiens » de Horombo (3780 mètres d'altitude) surgissent dans le brouillard. Ils s'éparpillent au milieu des rochers et des groupes de séneçons sur un tapis de mousse et de lichen. Les porteurs ont soigneusement aligné nos sacs devant « notre » maisonnette de bois dont nous prenons rapidement possession car la grêle se met à tomber dru. Plus tard, le temps se dégage et nous flânons dans la nature ; de nombreuses souris striées de vert et de jaune se confondant avec la mousse, trottent en grignotant miettes et restes de nourriture. Au loin, Mawenzi griffe le ciel de ses chicots sombres. La coupole de Kibo émerge derrière les collines et nous nargue. En contrebas, vers la plaine, éclairée par un ciel gris d'orage, une multitude de cônes, enfouis dans des cache-nez de végétation tendre, égayent les flancs du volcan.

Le lendemain, nous quittons Horombo à huit heures. La pente reste douce mais l'altitude nous essouffle et nous progressons lentement. Maurice bientôt s'éloigne d'un pas plus rapide. Maux d'estomac et nausées me font ralentir. Toto peine, chargé de son sac à dos impressionnant. Le chef guide nous surveille tous les deux et nous oblige à reprendre notre souffle en nous arrêtant fréquemment car l'œdème du poumon guette le grimpeur. La végétation s'espace puis, seuls quelques brins d'herbe parsèment encore le paysage lunaire de l'immense plateau de cendres et de gros blocs de lave abandonnés là par des langues glaciaires aujourd'hui disparues. Derrière nous, Mawenzi et devant, énorme, Kibo, le monstre à vaincre ! Les haltes sont de plus en plus nombreuses, chaque bloc devient un prétexte pour s'arrêter, s'asseoir, se relaxer. Le vent souffle, il fait froid. Très loin devant moi le toit vert du refuge de Kibo Hut à 4 700 mètres d'altitude. Enfin, à trois heures de l'après-midi, je l'atteins, épuisée. Nous partageons cette

Page 48 (haut) : La caldeira du Longonot, d'un diamètre de deux kilomètres. *(Bas) :* Le mont Kenya, un vieux volcan déchiqueté par l'érosion.

grande maison confortable avec un Suisse et un Japonais. Maurice, toujours en pleine forme, ce qui nous rend encore plus misérables Toto et moi, nous mijote une soupe de flocons d'avoine et des tisanes, seuls aliments que nous sommes capables d'ingurgiter. Trop épuisés pour être vexés et exaspérés devant notre chef cuisinier qui sifflote et avale goulûment saucisson sec, fromage et chocolat, nous acceptons, prostrés, notre sort dû au manque d'oxygène. Dès quatre heures de l'après-midi, nous nous couchons après avoir jeté un dernier regard inquiet sur la masse de lave de Kibo qui nous écrase. Maurice, guilleret, en bon géologue, va récolter quelques beaux échantillons de lave dont certains sont pétris d'impressionnants cristaux blancs de feldspath, en dent de cheval, dont on ne trouve des spécimens aussi gros — plusieurs centimètres de longueur — qu'à l'Erebus, le volcan actif de l'Antarctique, et au mont Kenya.

A deux heures du matin, les guides nous arrachent à un sommeil agité. Crampes d'estomac et maux de tête continuent à sévir. Alors que nos trois guides portent des sacs de 15 kilos, ce qui est énorme à cette altitude, nous-mêmes avons des charges de 3 à 5 kilos ; c'est honnête pour des débutants ! La montée est terriblement raide et se fait dans un éboulis, entre les arêtes de vieilles coulées de lave. Pas à pas, centimètre après centimètre, nous nous hissons pesamment sur le sable volcanique, faisant presque du surplace en nous appuyant sur des bâtons de skis. Quel soulagement que de se laisser tomber dans les cendres et de regarder les étoiles. L'air est froid et vif, si froid même qu'il faut repartir, se hisser à nouveau des heures durant. Bientôt, alors que nous nous reposons dans une petite grotte de lave, le soleil se lève et rosit le ciel derrière Mawenzi. Tout en bas de la pente vertigineuse, le toit du refuge n'est plus qu'un minuscule point vert.

« C'est encore loin ? demande Toto.

— Nous avons fait la moitié du chemin », répond le chef guide.

Au bout de six heures de grimpée exténuante, des blocs anguleux remplacent enfin les cendres qui roulaient, glissaient, se dérobaient sous nos pieds lourds de fatigue. Le but est très proche. Quelques centaines de pas encore et nous atteignons Gillman's Point, 5 800 mètres d'altitude. Épuisés mais heureux, nous avons tôt fait d'oublier la rude montée pour contempler le spectacle grandiose qui s'offre à nos yeux. D'énormes glaciers s'étagent en terrasses éblouissantes aux reflets nacrés, verts et bleus, frangées tels les fanons d'une baleine échouée sur l'échine de Kibo. Juste à nos pieds, une forêt de lames de glace peuple une dépression ronde. Plus loin, des collines grises ondulent, nous cachant le cratère. Nos guides redescendent à Kibo Hut où sont restés les porteurs. Avec des gestes lents d'astronautes, dus au manque d'oxygène, nous aménageons une plate-forme et y installons la tente, bloquant les piquets sous de grosses pierres. Des nuages passent, le vent souffle et fait claquer la toile sous laquelle il fait déjà bien chaud. Maurice, désespérément à l'aise avec sa cage thoracique capable de gonfler un matelas pneumatique en cinq coups, voudrait immédiatement descendre aux aiguilles de glace mais Toto et moi nous refusons d'un geste de la tête avec le peu d'énergie qui nous reste. Demain. Il est émouvant, étrange, grisant même de se savoir seuls, trois minuscules fourmis, sous un bout de tissu, sur la lèvre de la plus haute montagne d'Afrique, dominant tout un continent.

La nuit est longue, très longue ; la tête nous serre, nous avons l'impression d'étouffer. Sans raison le cœur bat brusquement la chamade. On s'endort quelques instants, le temps de faire un cauchemar qui nous réveille en sursaut. Enfin, il fait jour ; l'intérieur de la tente est tapissé de givre : il a neigé pendant la nuit et un linceul blanc recouvre les alentours. Patiemment, nous faisons fondre de la neige mais le froid et l'altitude empêchent notre réchaud à gaz de chauffer normalement, nous devrons nous contenter d'eau glacée pour étancher notre soif. Déjà des bruits de voix et des pas : nos

Page 49 : Un geyser d'eau bouillante sodique, de cinq mètres de haut, au bord du lac Bogoria (Kenya).

guides sont de retour pour nous mener au cratère. Nous commencerons par explorer pendant des heures inoubliables la forêt de glace située dans la dépression. Dans cette féerie d'aiguilles, de lames, de voûtes aux parois si fines qu'elles en sont translucides, nous avons l'impression de nous promener dans une fantastique cathédrale de verre dont l'organiste serait absent. On appelle ces aiguilles des pénitents de glace : ils s'enchevêtrent, s'entrecroisent merveilleusement dans un décor irréel, surréaliste. Puis nous entreprenons très lentement l'ascension des reliefs qui nous séparent du cratère. Le bruit de nos grosses semelles s'enfonçant pesamment dans la terre volcanique, le raclement des bâtons de skis nous servant de canne, notre respiration accélérée et bruyante se répercutent sur les rochers et s'amplifient dans le silence glacé du sommet de l'Afrique. Les collines grises se succèdent, monotones, et, brusquement, le cratère est là à nos pieds, magnifique, circulaire, à la couverture de neige trouée de taches jaunes, rouille et roses qui sont autant de dépôts de fumerolles ; quelques gaz volcaniques sulfureux à 104 degrés fusent encore par endroits, faisant fondre la neige. Le site est merveilleux, composé harmonieusement de plusieurs cratères emboîtés les uns dans les autres ; le plus grand est évasé et a un diamètre de 2,500 km ; le plus petit a 340 mètres de large seulement mais des parois verticales de 130 mètres de haut.

Les formes du Kilimandjaro sont si jeunes et si parfaites qu'il devait encore être actif il y a quelques siècles et qu'un réveil de ce volcan ne surprendrait aucun volcanologue.

L'après-midi, après avoir étudié la morphologie du cratère, quand nous dévalerons, le cœur gros, la croupe de Kibo pour nous replonger dans la vie grouillante de l'Afrique, nos guides fredonneront, pour nous consoler de quitter ce site idyllique à nul autre pareil, la mélopée lancinante du Kilimandjaro.

Pendant la dernière soirée que nous passerons à Mandara sur le gigantesque volcan, nos guides nous parleront longuement de ce que représente le Kilimandjaro pour ceux qui vivent à son ombre. Kibo, nous racontent-ils, possède des pouvoirs surnaturels et contient des trésors. Il représente l'éternel, l'immuable, l'inaccessible mais aussi la bonté car il apporte la pluie aux pauvres comme aux riches sans distinction. Le mot « Kilimandjaro » signifie d'ailleurs, suivant les dialectes, « montagne inaccessible », « grandiose », « blanche », « riche en sources ». Et nos guides d'ajouter qu'eux n'utilisent guère ce terme, préférant les mots plus précis de Kibo et de Mawenzi. Kibo a le sens de « moucheté », terme justifié car nombreux sont les rochers qui ponctuent de taches sombres la couverture neigeuse du cratère, alors que Mawenzi veut dire « ébréché », « entaillé ». Une légende amusante explique d'ailleurs pourquoi Mawenzi est ainsi érodé. Un jour que le feu s'était éteint dans son fourneau, Mawenzi s'en alla trouver Kibo qui pilait des bananes séchées. Il salua son voisin et lui expliqua son malheur ; ce dernier, compatissant, lui donna du feu et quelques bananes. Mawenzi repartit aussitôt, éteignit volontairement la flamme et revint chez Kibo en lui annonçant : « Mon feu s'est éteint en route. » Kibo, magnanime, lui redonna une flamme et des bananes. Mawenzi laissa à nouveau mourir la flamme et se présenta chez Kibo une troisième fois. De toute évidence, il voulait des bananes. Alors Kibo, furieux, prit son pilon et battit énergiquement le rusé Mawenzi dont l'échine est, depuis, toute déchiquetée !

Nombreuses sont les croyances où le Kilimandjaro joue un rôle prépondérant. Ainsi, les tribus Chagga racontent qu'un jour deux Européens gravirent la montagne. Au sommet, l'un d'eux voulut détacher un rocher à l'aide de son marteau. Alors soudain, comme pour se venger de ce manque de respect, le feu jaillit du cratère et les tua. Une autre légende dit qu'au village de Marangu est cachée, dans une végétation dense, une pierre en forme de corne. Si quelqu'un la remue légèrement le tonnerre gronde sur Kibo, mais le jour où un homme la secouera énergiquement ce sera la ruine de la région

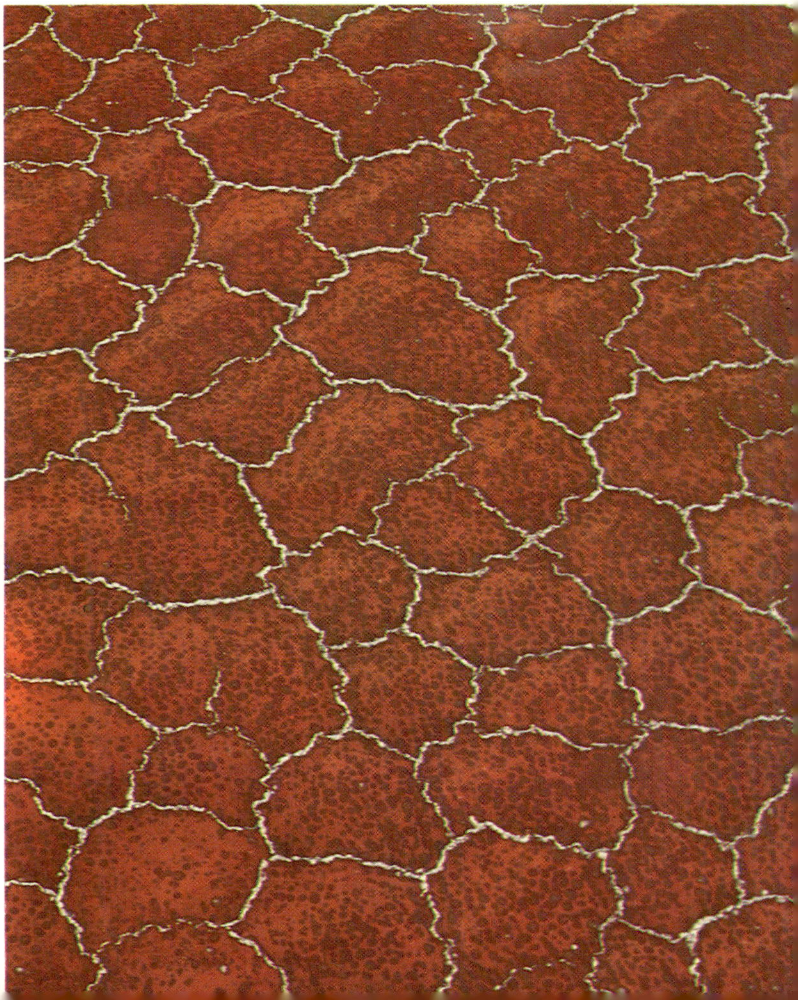

▲ Un lac de soude : le Magadi (Kenya).

◀ Le volcan Ol Doinyo Lengai, la « montagne des Dieux » des Masaïs (Tanzanie).

car la montagne explosera dans d'énormes grondements et engloutira le pays Chagga ! Pour d'autres tribus, un peuple très bon et généreux vit dans le cratère de Kibo. Si un homme pauvre les rejoint, il est accueilli comme un roi et repart les bras chargés de cadeaux, alors qu'un riche est rejeté avec mépris. La reine Victoria, elle-même, fut impressionnée par la montagne légendaire au point de l'offrir en cadeau d'anniversaire à son petit-fils l'empereur d'Allemagne, Guillaume II. C'est ainsi que le Kenya, alors sous tutelle anglaise, perdit le Kilimandjaro, annexé au Tanganyika allemand, devenu la Tanzanie.

L'OL DOINYO LENGAI, LA MONTAGNE SACRÉE

Munis du diplôme, ô combien dérisoire, consacrant notre ascension réussie du Kilimandjaro, avec la mention « cratère », dûment signé par les autorités et par nos guides, nous décidons de poursuivre notre périple tanzanien par l'assaut de l'Ol Doinyo Lengai (« la Montagne des dieux »), des Masaïs. La réputation de cette peuplade n'est plus à faire : nomades transhumant avec leurs grands troupeaux de vaches dans un exode sans fin, buveurs de lait et de sang, capables de combattre les lions avec une simple lance ! Prévoyants, nous entraînons dans l'aventure nos deux meilleurs guides du Kilimandjaro ; ils nous aideront à porter le matériel, car jamais les Masaïs ne voudront participer à notre ascension sacrilège.

L'Ol Doinyo Lengai est un volcan régulièrement actif, de 2 880 mètres de haut, dont la dernière éruption date de 1966. Il a la particularité étonnante d'émettre des laves appelées carbonatites qui sont riches en carbonate de sodium, de fer et de calcium, alors qu'un basalte est essentiellement constitué de silicates d'aluminium, de calcium, de magnésium et de fer. Des volcanologues anglais ont observé, lors des dernières éruptions du Lengai, que ses coulées s'épanchaient non pas incandescentes et rougeoyantes, mais noires, devenant blanches en moins de deux jours en refroidissant, fait unique au monde ! Comme aucune piste ne mène à cet étrange volcan perdu dans l'immensité des steppes jaunes, lacérées de ravines, nous prenons un guide masaï à Galla, le dernier village. Contrairement aux autres membres de sa tribu que nous avons souvent croisés sur notre chemin et qui étaient nus, une cape sur les épaules, une lance à la main, les oreilles ajourées ornées de perles, chevilles et poignets cerclés de bracelets, notre guide, lui, semble sortir d'un Club Méditerranée avec son paréo et sa chemisette à fleurs coiffé d'un petit chapeau de tissu multicolore de touriste européen. Seules ses sandales découpées dans de vieux pneus témoignent de son origine. Il n'est, en fait, jamais allé au Lengai, à 80 kilomètres de là... Mais qu'à cela ne tienne, il demandera son chemin aux autres Masaïs que nous rencontrerons. Pour justifier de ses connaissances et de son utilité, il répète inlassablement d'une voix très grave, pointant son doigt vers les volcans se découpant à l'horizon : *« Kitumbeine, Gelai... Kerimasi. »* Enfin, après avoir zigzagué six heures dans le désert à la boussole et en quatre roues motrices, il nous annonce : *« Ol Doinyo Lengai »;* nous l'avions reconnu également tant il est différent des vieux massifs couverts de végétation qui l'entourent. Sa silhouette étrange aux pentes très raides, enneigées de cendres gris pâle et striées de ravines aux ombres violacées, se dresse comme une montagne fantôme, si irréelle que nous nous attendons à ce que le mirage s'estompe et s'efface. Alors que le soleil couchant jaunit la savane, nous assistons à une merveilleuse fantasia ; des centaines de gnous, zèbres et antilopes, soulevant d'énormes nuages de poussière d'or, tracent leur galop fugitif sur l'écran flamboyant du ciel. C'est à la tombée de la nuit que nous atteignons le pied de l'Ol Doinyo Lengai. Nous montons une tente pour nos trois Africains qui adorent se faire servir, puis la nôtre. J'ai six bouches à nourrir dont notre Masaï qui, un stick à la main, prend des airs de gentleman anglais affairé se rendant à la bourse de

« Wall Street sur Lengai » ! A l'opposé de ses frères très sobres, il mange de tout et pour quatre. Sa voracité est telle que nos deux guides du Kilimandjaro en sont choqués ; de toute évidence, avec ses troupeaux de vaches faméliques il doit rarement manger à sa faim et, pour une fois qu'il y a abondance, il en profite et fait des réserves. Le vent se lève, la cendre volcanique aussi fine que la farine tourbillonne, s'engouffre dans notre tente, pénètre dans les duvets, la bouche, le nez, les yeux. Alors que nous colmatons tant bien que mal les ouvertures, nous entendons le Masaï, bien à l'abri, palabrer longuement avec nos deux porteurs qui acquiescent en grognant.

Tôt le lendemain matin, nous nous préparons pour l'escalade du volcan ; le Masaï nous observe et secoue la tête avec des *« not possible, dangerous, forbidden » :* impossible, dangereux, interdit. Les deux guides semblent inquiets, ils vont s'asseoir dans le camion et nous annoncent qu'ils refusent de monter. Le Masaï les a convaincus que l'ascension de la Montagne des dieux était une profanation, qu'elle était impossible et que nous n'en sortirions pas vivants. De longues discussions s'engagent. Maurice tente de les décider en menaçant même de les abandonner là, à 160 kilomètres d'Arusha, la première ville importante. Mais rien n'y fait, ils s'obstinent, ils ont peur, eux les durs du Kilimandjaro... Et le Masaï ne cesse de marmonner ses *« not possible »* en dodelinant de la tête. Au bout de deux heures, enfin, la caravane lourdement chargée s'ébranle. Le Masaï, très digne, assis sur une chaise pliante à l'ombre du camion, ayant dans la tente des vivres pour deux jours, nous regarde partir, goguenard, sûr de notre échec. Maurice le fusille du regard.

Le volcan est strié de bas en haut de crêtes très étroites bordées de précipices ; beaucoup se terminent sur un à-pic, rares sont celles qui atteignent le sommet. Longuement, nous scrutons les flancs friables de la montagne conique, une seule voie semble être bonne, nous l'empruntons. La pente est si forte qu'il faut s'aider des mains pour avancer. L'arête devient de plus en plus étroite, bordée de ravins impressionnants qui se creusent toujours davantage. Nos pieds ne s'enfoncent pas dans la cendre volcanique car elle est cimentée par la pluie en plaques dures et glissantes qui cassent sous notre poids et dévalent la pente. Un faux pas et c'est la chute mortelle. Nous montons doucement, assurant chacune de nos prises. Alors que le camion n'est plus qu'un minuscule point brillant sur la cendre, le sommet lui ne s'est guère rapproché, il est vrai qu'il y a 1 980 mètres à gravir ! De gros nuages noirs s'accumulent à l'horizon. Si l'orage éclate, la pluie rendra les cendres volcaniques tellement glissantes que nous ne pourrons plus ni monter ni même redescendre sur cette fichue taupinière en savon de Marseille. Un de nos porteurs dont les jambes flageolent, pris de panique, sanglote et balbutie quelques mots sur le triste sort de ses deux pauvres veuves et des cinq orphelins qu'il laissera dans notre folle équipée ! Son compère nous regarde avec l'œil vide d'un condamné à mort. Que faire ? Les nuages se rapprochent. La montée est de plus en plus difficile. Les plaques qui se dérobent sous nos pas et nos lourdes charges nous déséquilibrent, et de part et d'autre c'est l'à-pic vertigineux ! On dirait cinq funambules titubant entre ciel et volcan. Au bout de quatre heures de calvaire, nous faisons une halte sur une minuscule plate-forme et réfléchissons longuement pour finalement décider de rebrousser chemin. Toto, lui, veut continuer et, pathétique, il nous lance :

« Si je ne suis pas de retour demain soir, ne m'attendez plus ! »

Ce qui voulait dire qu'en cas d'accident nous pouvions nous dispenser de rechercher son cadavre ! La descente sera encore plus lente et acrobatique que la montée. Nous entendons les grondements de l'orage.

Une heure plus tard, la silhouette de Toto réapparaît sur l'arête. Lui aussi a dû abandonner, car la seule voie qui montait au sommet s'était effondrée plus haut derrière une vire. L'Ol Doinyo Lengai était bien inaccessible, raviné par les pluies rares mais violentes.

Pages 56-57 : Les cratères emboîtés de Kibo, le point culminant du Kilimandjaro ; au fond le Mawenzi, le deuxième sommet (Tanzanie).

La montagne sacrée des Masaïs gardera son secret. Une date pour nous, le premier volcan qui nous résiste, que nous ne vaincrons pas, en douze ans d'errance volcanique ! Une formidable tempête de sable se déclenche alors que nous arrivons au camion. Notre Masaï jubile, content de notre défaite : ne l'avait-il pas prédit ! En huit heures, il a englouti tout son stock de nourriture des deux jours ; cela ne l'empêchera pas, le soir, de s'empiffrer de plus belle. Le lendemain, pour nous consoler de notre défaite, nous explorons la constellation de magnifiques cratères habillés de velours vert qui parsèment la région entre l'Ol Doinyo Lengai et le lac Natron. On se croirait sur Mars, dans la zone d'atterrissage de la sonde Viking I. Ces cratères ont été creusés à l'emporte-pièce dans des sédiments par de violentes explosions dues au contact brutal d'une montée de magma profond à 1 000 degrés avec des nappes phréatiques ou des marécages. Dans les dépôts nés de ces formidables déflagrations, on récolte des roches et des minéraux aux noms barbares d'une extrême variété : des péridotites aux cristaux vert olive qui constituent l'essentiel du manteau terrestre, des gabbros saumonés, des marbres chatoyants, des pyroxènes noir d'ébène, des grenats rouge sang ; même des diamants n'y manqueraient pas selon certains prospecteurs ; un formidable ramonage, un forage naturel à rebours ayant éructé tout ce que la terre tanzanienne possède de trésors jusqu'à 180 kilomètres de profondeur.

Le jour même, nous déposons notre Masaï dans son petit village perdu dans la savane brûlée, les bras chargés de conserves, de gâteaux et de quelques dollars.

Deux heures plus tard, le camion tombe en panne. Maurice et André plongent sous le véhicule pour réparer, mais comme ils sont en sueur, ils réapparaissent au bout d'une heure, méconnaissables, enrobés comme des côtelettes panées de poussière grise, les mains et les bras collants de cambouis. Arrivés à Arusha, après avoir quitté nos deux guides, nous tentons de pénétrer très discrètement dans un petit hôtel ; peine perdue, tous les clients s'esclaffent de rire, nous demandant d'où nous venons, car jamais, ils n'avaient vu des Blancs aussi... gris ! Maurice aurait posé immobile au milieu du square d'Arusha qu'on l'aurait pris pour la statue de pierre de quelque obscur explorateur !

LACS DE SOUDE, SOUPES DE SATAN

Notre échec à l'Ol Doinyo Lengai nous a marqués et, pour atténuer notre déception, dès notre retour à Nairobi, nous louons un petit avion à ailes hautes pour dominer cette bête géologique qui nous nargue. Lors de la première tentative, rien n'y fait, le fauve cache sa gueule dans une jungle de nuages entrelacés. Le deuxième essai sera le bon ; entre de grandes chevelures d'ouate diaphane, il nous fixera de ses immenses yeux gris, de ces deux profonds cratères inviolés. Il est serein, calme, mais gare au réveil du monstre ! Satisfaits d'avoir regardé dans les yeux ce volcan qui ne voulait pas nous voir, nous en profitons pour survoler le rift tanzanien et kenyan.

Juste au nord de l'Ol Doinyo Lengai s'étale une immense mare de sang, l'un des lacs les plus étranges du monde : le Natron, 64 kilomètres de long sur 24 de large, accumulé dans la dépression du rift et bordé d'un escarpement faillé de 1 000 mètres de haut. Paysage hallucinant où, sur un fond de résilles blanches de sel, les eaux se fondent tantôt grises, vert glauque, incarnates, vermeil, écarlates, rouille, pourpres, corail, tantôt moirées de vieil or où se réfléchit le bleu pâle du ciel ponctué de nuages. Son odeur chaude, âcre et écœurante pénètre dans l'avion. Le pilote, inquiet, surveille son altimètre mais, fasciné, il descend toujours davantage frôlant de l'aile la saumure du Natron, une étrange soupe de Satan corrosive et amère, la plus grande concentration de soude de l'Afrique.

La vie y semble impossible et pourtant de nombreuses algues y prolifèrent. Elles sont une nourriture de choix pour les flamants roses qui s'y ébattent en colonies nombreuses et bruyantes. Grâce à leur bec grotesque mais fonctionnel, ils filtrent la saumure du lac retenant les algues dont certaines, les *Spirulina,* sont riches en canthaxanthine, un pigment proche du carotène. Les flamants lui doivent le rose chatoyant de leurs plumes ! Supprimez ce pigment à un de ces volatiles captif dans un zoo... et il deviendra blanc !

Plus au nord, déjà au Kenya, un lac ressemble beaucoup au Natron, le Magadi, du mot masaï « magad » qui veut dire « amer ». C'est un dépôt fabuleux, une mixture saturée de natron, de carbonate de sodium, intensivement exploité par la Magadi Soda Company qui pompe la saumure, la calcine, l'évapore sélectivement dans de gigantesques marais salants aux damiers lie-de-vin, rouge sang et rose franc. La compagnie en extrait, entre autres, du carbonate et du fluorure de sodium et de la soude à raison de 300 000 tonnes par an, utilisés principalement dans l'industrie du verre, les savonneries, la métallurgie, l'alimentation pour l'homme et le bétail. Heureusement, les dépôts se sédimentent à raison de huit centimètres par an et se régénèrent ainsi plus vite que l'homme ne les exploite.

L'origine de ces concentrations en soude est due aux eaux de pluie et de rivières qui, très lentement au cours des milliers d'années, extraient des éléments aux roches sodiques des volcans alentours et s'accumulent dans des lacs qui n'ont pas de sortie et qui s'enrichissent progressivement en sel car l'évaporation y est intense. Souvent des sources chaudes également alcalines sourdent et barbottent au fond et sur les bords de ces dépressions y ajoutant leurs éléments minéraux. L'exemple le plus spectaculaire est le lac Bogoria, anciennement nommé Hannington, beaucoup plus au nord, dont jaillissent des dizaines de geysers bouillonnants et brûlants qui moussent dans l'eau sodique tel un produit de lessive, faisant de l'endroit une gigantesque machine à laver naturelle dont les populations avoisinantes profitent abondamment.

Tous les lacs du rift ne sont heureusement pas des filtres sataniques aussi concentrés. Ainsi, le lac sodique le plus étendu du monde, 315 kilomètres de long, est le Turkana, longtemps appelé Rudolf, à la frontière entre l'Éthiopie et le Kenya. Quand le comte Samuel Teleki von Szek, explorateur hongrois, et le lieutenant Ludwig von Höhnel, accompagnés de 450 porteurs, 6 guides et plusieurs interprètes le découvrirent en mars 1888, ils le baptisèrent Rudolf en l'honneur de l'archiduc d'Autriche héritier de la couronne. Nous-mêmes étions attirés par cette région hostile et plus particulièrement par le volcan Teleki, au sud du lac, baptisé ainsi en l'honneur du fameux comte qui l'avait vu en activité. Pour nous y rendre, nous louons un petit avion et décollons un matin de Nairobi à six heures trente. A peine avons-nous quitté la capitale que la lumière naît sur les collines striées de rangées vert sombre de théiers. Les vallées sont encore endormies, enfouies sous leurs édredons de nuages. Après avoir coupé l'impressionnante falaise qui borde le rift, nous plongeons dans l'effondrement zébré d'innombrables fractures béantes, parsemé de volcans aux formes rondes comme autant de moutons dans un champ labouré, troué de lacs étranges prêts à éteindre le feu souterrain qui couve.

Le pilote malicieux, passionné par nos explications géologiques, tourne, virevolte, caresse les têtes chauves des géants assoupis, butine de coulée en cratère pour notre grande joie. A la verticale de l'appareil l'étrange caldeira du volcan Suswa, installée dans une grande dépression de dix kilomètres de diamètre. Elle contient un énorme bloc de lave, une île circulaire surélevée, séparée de la paroi cratérale par un étroit canyon, comme si le plancher du cratère était monté d'un coup de 200 mètres, soulevé par une force colossale, tel un piston dans un cylindre. Un peu plus loin le Longonot, « la montagne aux nombreuses pistes » en masaï, appelé ainsi car ses flancs, couverts d'une végétation crépue vert tendre, sont striés d'innombrables ravins rayonnants

▲ Formes volcaniques veloutées de végétation au sud du lac Turkana (Kenya).

◀ Une pêche miraculeuse du lac Turkana ; le plus gros des poissons pèse 72 kilos ! (Kenya).

Cônes et coulées de lave du Teleki près du lac Turkana (Kenya). ▶

comme autant de voies d'accès. Il est couronné d'un cratère parfait à fond plat de deux kilomètres de diamètre et frangé d'une collerette de vieilles coulées visqueuses épaisses et festonnées. Blotti sur sa robe, un petit cône adventif atteste d'une activité récente datant probablement du siècle dernier. A l'ouest du grand lac d'eau douce de Naivasha aux bords dentelés, de volumineux panaches de vapeur signalent la station de géothermie d'Olkaria au creux d'un vieux massif volcanique riche en coulées d'obsidienne. Depuis longtemps déjà, les fermiers de cette région savent tirer profit des bienfaits du volcanisme ; ils captent les sources chaudes, les condensent pour leurs besoins en eau douce et utilisent la vapeur naturelle pour sécher les fleurs de pyrèthre, excellent insecticide naturel, non toxique pour l'homme.

Plus au nord, notre oiseau blanc glisse sur les miroirs nacrés des lacs de soude. Elmenteita aux eaux tristes, grises, violacées et verdâtres, cernées de coulées persillées de basalte noir à peine soulignées d'une frise de sel blanc. Nakuru, étendue changeante bleue et verte où se complaisent un demi-million de flamants roses ; au vrombissement de l'avion en voici qui courent sur l'eau, décollent, puis tourbillonnent au-dessus de la saumure glauque en un nuage rose qui s'éparpille et retombe peu à peu en pétales clairs sur les bords du lac. Au septentrion, le cône altier et déjà vieux du Menengai regarde, indifférent, le spectacle. Bientôt, au-delà de l'étendue du Bogoria où fusent les geysers, de grands champs de sisal en milliers de rosaces gris-vert dessinant à perte de vue des quadrillages parfaits sur le fond rouge de la terre, annoncent le lac Baringo centré sur un îlot volcanique récent. Jusque-là, tous ces paysages nous sont familiers car nous les avons sillonnés en véhicule et à pied pendant de longues semaines de recherches. Mais quelle n'est pas notre surprise, en poussant plus au nord, quand nous survolons un volcanisme qui nous est encore inconnu. Des myriades de cônes et de coulées poussent en essaim, balafrés de fissures béantes qui griffent le fond du rift, preuve de l'irrésistible déchirement du continent africain. De-ci, de-là, des épanchements de lave visqueuse forment des pâtés craquelés tels des gâteaux ratés, carbonisés, posés sur un gril de longues fractures noircies et parallèles. A perte de vue, des coulées avancent leurs tentacules sombres sur le sable clair de lacs temporaires. De temps en temps, un magnifique volcan raviné dresse sa haute silhouette couronnée d'un cratère effondré ; il semble veiller sur la multitude de petits cônes qui se dispersent à ses pieds. Plus loin, au-delà d'un chaos cyclopéen haché d'abîmes qui fument encore, voici notre but : le volcan Teleki. Ses scories noires sont vierges de végétation, seules quelques anciennes fumerolles y dessinent des arabesques rouges, blanches et jaunes. Nous tournoyons longuement au-dessus de la zone pour repérer une voie d'accès, mais tout autour des bouches s'étalent de gros amas sombres de coulées de basalte qui se sont épanchées jusque dans le lac Turkana, le « lac de jade » ainsi nommé à cause de sa couleur intense. Un bras de l'épanchement de lave bute contre l'un des plus beaux cônes qu'il m'ait été donné de voir, une coupole parfaite, ocre, posée sur le lac et creusée d'un cratère aussi lisse qu'un ciboire. Il s'appelle Naboiyaton, nom turkana d'une poche de l'estomac de l'éléphant à laquelle il ressemble. Le contact violent du magma brûlant avec l'eau tiède du lac l'a engendré il y a quelques milliers d'années.

Tout à coup, au milieu du désert, une oasis, soleil de vie, éclate avec son village, ses palmiers doums, de l'herbe bien verte, un ruisseau, un hôtel de paillotes et une piscine alimentée par une source chaude à 40 degrés. Nous atterrissons dans ce havre de bien-être.

Le lendemain, au bout de trois heures de navigation sans histoire, le hors-bord de l'hôtel nous dépose à l'extrême sud du lac, dans la zone volcanisée du rift, au pied du Naboiyaton. Deux hommes, semblant nous attendre, se proposent comme guides. Malgré le vent qui balaye avec force la dépression, il fait une chaleur atroce ; les coulées de lave, vieilles de quelques dizaines d'années et depuis longtemps refroidies, étant de parfaits corps noirs sont brûlantes et rayonnent comme des plaques chauffantes. Nous longeons le lac à l'eau glauque et amère ; de-ci, de-là flottent des troncs grisâtres : mais sur notre passage, un œil s'ouvre dans le bout de bois qui plonge et disparaît..., l'arbre mort était un crocodile ! Le lac en contient environ 22 000 dont les plus grands atteignent cinq mètres, mais comme personne ne les chasse et que les eaux sont très poissonneuses, ils sont relativement peu dangereux. Quand je demande à mon guide s'il les mange, il s'exclame moqueur :

« Il faudrait d'abord pouvoir les attraper ! »

Nous avançons rapidement sur des coulées en dalles aux magnifiques draperies, plissées, cordées, à la surface métallisée. Parfois nous contournons de grandes cavernes tapissées de stalactites, bouches béantes de dragons où hurle le vent. Au bout d'un kilomètre, la surface des laves devient un chaos inextricable de blocs hérissés, succession sans fin de crêtes et de vallées, un cauchemar. Les rayons du soleil impitoyable fondent sur notre pauvre colonne qui se transforme peu à peu en une file d'automates desséchés. Je lève la tête... Non, pas un nuage pour atténuer la fournaise et, de plus, le vent tombe ! Même nos deux guides autochtones, pourtant habitués à ce climat, souffrent de la chaleur. Dans une petite crique, nous nous trouvons tout à coup nez à nez avec cinq chasseurs de la tribu des Turkanas. Ils sont grands et minces, d'un noir d'ébène ; pour tout vêtement ils ont une ceinture de perles multicolores, une cape sur l'épaule et un bonnet de boue durcie orné de plumes. A la main ils tiennent un petit tabouret appuie-tête en bois et sont armés de lances effilées. L'un d'eux porte un beau poisson, une perche du Nil, d'un mètre de long. J'ai l'impression d'être en face d'un clan d'*homo habilis* qui erraient dans la zone du lac Turkana il y a près de trois millions d'années et dont le préhistorien Richard Leakey a découvert les restes non loin de là. Ils viennent de trouver des traces dans le sable. Lentement, d'un geste millénaire ils enfoncent délicatement leurs lances dans le sol meuble, le sondent, à la recherche d'œufs de tortue. Qu'une pointe ressorte tachée de jaune et c'est l'indice du nid. Ils déterrent ainsi une vingtaine d'œufs, aux coquilles blanches et jaunes. Ils ramassent ces derniers car ils sont frais mais réenterrent soigneusement ceux qui sont blancs et qui contiennent déjà de petites tortues. Une belle leçon de protection de la nature, nous venant d'hommes qui ne savent pas ce qu'écologie veut dire. Puis les cinq nomades s'éloignent rapidement d'un pas souple sur les coulées accidentées pour regagner leur campement situé à une journée de marche. Après cette étrange rencontre, nous continuons notre dure progression. Voilà des heures que nous marchons et, malgré cela, les cônes noirs du Teleki ne se sont guère rapprochés, nos gourdes sont depuis longtemps vides et les ombres s'allongent. Après une courte pause dans la tiédeur bienfaisante d'une grotte sous-lavique, nous décidons, la mort dans l'âme, de faire demi-tour. Pour réussir, il nous aurait fallu au moins deux jours, mais le hors-bord n'est disponible qu'aujourd'hui. Quand, trois heures plus tard, nous sommes de retour à notre point de départ, nous nous précipitons dans l'eau fraîche du lac ; elle n'a que 38 degrés (!) c'est un délice et tant pis pour les crocodiles qui nous fixent de leurs yeux globuleux immobiles ! Notre marche infernale vers le lointain Teleki ne fut pas perdue pour tout le monde car les hommes restés à bord du bateau eurent tout loisir de pêcher pendant quelques heures, juste le temps de ferrer 6 perches du Nil, soit 250 kilos de poissons dont les deux plus gros pesaient 61 et 72 kilos chacun, une pêche qui a de quoi rendre jaloux le plus vantard des Marius marseillais ! Ces messieurs les crocodiles sont certainement des gourmets, car que vaudrait un bout d'explorateur à côté de la chair délicate et savoureuse de ces superbes piscidés !

Pendant de longues semaines encore, nous irons de cratère en faille, de coulée en

Page 64 : En habit ignifugé aluminisé au bord du lac de lave du Nyiragongo (Zaïre).

geyser, voulant embrasser l'essentiel du volcanisme de l'est de l'Afrique. Quand, enfin de retour à Nairobi, nous reprendrons la route du nord par laquelle nous étions venus, remontant le rift, ce sera pour apprendre à la frontière éthiopienne que depuis quinze jours aucun véhicule ne passe plus. Laconiquement, on nous annonce qu'un bus et deux camions, juste devant nous, viennent d'être détruits par des bazookas somaliens faisant onze morts et que nous ne pourrons remonter qu'escortés d'un convoi militaire éthiopien.

« Quand ? demande Maurice.

— Eh bien, le dernier qui a essayé de nous rejoindre a sauté, lui aussi. »

Nous n'hésitons pas un seul instant et faisons demi-tour, c'en est trop ! Heureusement, car le camion donne rapidement des signes de fatigue, s'étouffant dès que le moteur est chaud. Il nous faut l'aérer en ouvrant son capot situé à l'intérieur de la cabine sous le siège de Toto qui se retrouve assis sur le tableau de bord, tournant le dos à la route. Maurice, qui conduit, doit s'affubler d'une veste ignifugée et d'un gant en amiante pris dans notre équipement de volcanologue pour ne pas être brûlé sur le flanc droit par le rayonnement bouillant des cylindres et de l'échappement ! J'ai la position la plus confortable en me collant contre la portière, penchée au maximum par la fenêtre et giflée par le vent frais. Après 400 kilomètres de pistes dans notre four, la transmission arrière du véhicule se brise, mais il nous reste le pont avant. Un peu plus loin, c'est au tour de la pompe à essence de nous abandonner, nous immobilisant définitivement. Nous osons à peine imaginer ce qui nous serait arrivé si nous avions poursuivi notre périple vers le nord : la panne en plein désert, morts desséchés en attendant du secours ou abattus par des rebelles, proies innocentes et faciles. Au Kenya où nous sommes, en moins d'une heure, un camion Bedford se propose de nous remorquer jusqu'à Nairobi distante de 200 kilomètres ; une folle équipée où, cramponné au volant, Maurice doit faire preuve de formidables réflexes pour ne pas s'encastrer dans notre dépanneuse qui file à cent à l'heure et à laquelle nous sommes reliés par une corde de trois mètres ! Arrivée dans la capitale notre pauvre épave gagnera Mombasa par le train où elle sera embarquée sur le premier bateau en partance pour la France. Quant à nous, nous prendrons l'avion pour Paris, abandonnant définitivement la remorque en douane à Addis Abeba et tout le matériel qu'elle contenait y compris un très bel échantillon « d'ignimbrite » du volcan Fantale, une lave bleue, rubanée d'obsidienne vitreuse, une merveille que nous regrettons toujours.

Tant pis et vive les volcans ! Riches de centaines d'échantillons de roches, de milliers de précieux renseignements géologiques, de photographies, de films et de myriades de souvenirs qui se bousculent dans nos têtes, nous n'avons qu'une idée : réussir ailleurs un pèlerinage aussi fascinant que celui que nous avons mené à bien dans la Grande Faille d'Afrique. Nous reviendrons... à la prochaine éruption !

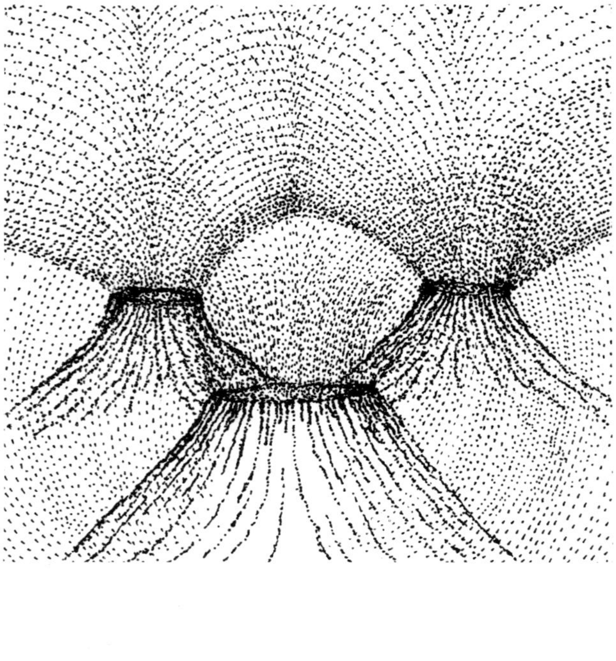

Page 65 : Un spectacle fabuleux au fond du cratère du Nyiragongo : un lac de lave à une température de 1 100 degrés (Zaïre).

3- Dans la chaîne des Virunga

« MONSIEUR, le ciel est en feu ! » cria mon homme de garde en faisant irruption dans ma tente à dix heures du soir. Une joyeuse pensée me traversa l'esprit : « le volcan ! ». Je sortis de ma tente et j'aurais presque poussé un cri de joie car cette incandescence du ciel ne provenait pas de huttes en feu. Ce ne pouvait être qu'un foyer beaucoup plus puissant et venant de la nature ; il n'était plus possible de douter que les monts Virunga fussent des volcans actifs.

C'était le soir du 27 mai 1894 alors que le comte A. von Götzen campait avec ses coéquipiers au bord d'un lac rwandais. Quelques jours plus tard, le 3 juin, ils furent les premiers Européens à pénétrer dans le Kivu et la fameuse chaîne des Virunga, cette région exceptionnelle blottie dans l'est du Zaïre. Gravissant le Nyiragongo le 8 pour arriver au sommet le 11, échouant, faute de temps, dans l'ascension du Nyamuragira en éruption, ils réalisèrent les premières reconnaissances des deux volcans actifs du rift ouest de l'Afrique.

Alors que le rift est se présente comme un fossé large, rectiligne et continu, celui de l'ouest est plus étroit, 40 kilomètres en moyenne, et dessine un arc de cercle de 1 500 kilomètres de long du Malawi au lac Mobutu Sésé Séko, anciennement lac Albert, au Zaïre. Il zigzague entre des môles de granite dans une alternance d'aires volcaniques et de fossés profonds occupés par des lacs célèbres comme le Tanganyika, le Kivu, l'Édouard et le Mobutu.

Grâce aux travaux patients des géologues, des géophysiciens et des géochimistes, l'histoire du rift ouest a pu être débrouillée dans ses grandes lignes.

Il y a soixante millions d'années, des forces colossales, dues à de formidables montées magmatiques verticales dans le manteau terrestre, soulèvent puis cassent le socle de granite vieux de deux milliards d'années. Du magma s'injecte en abondance dans les nouvelles fractures et s'épanche à la surface en vastes coulées fluides. Simultanément, des effondrements successifs bordés de failles apparaissent sur la crête du bombement du socle, creusant peu à peu le rift. Le paysage est en continuel bouleversement. Des masses énormes de lave suintent des failles, s'empilent, barrent des vallées, dévient des rivières, séparent les différents fossés d'effondrements les uns des autres, permettant aux grands lacs de naître.

L'un d'eux a une histoire particulièrement mouvementée, c'est le lac Kivu. Né il y a deux millions d'années, il se déverse d'abord au nord dans le lac Édouard par le seuil des Virunga et alimente le Nil. Mais bientôt entre les deux lacs s'installent les volcans Nyamuragira et Nyiragongo qui, éruption après éruption, grandissent et barrent finalement le passage vers le nord, il y a quinze mille ans. Le lac Kivu monte tant et si bien qu'il

Page 68 : 10 janvier 1977. Le lac de lave du Nyiragongo se vide en quinze minutes, semant la désolation. *(Haut) :* Restes d'une camionnette, avec au fond le volcan. *(Bas) :* Ce qui fut jadis un village.

dépasse son niveau actuel de 190 mètres, noyant les alentours. Puis il y a huit mille ans, le Kivu creuse un nouveau passage, vers le sud cette fois, pour se déverser dans le Tanganyika. Alors qu'au début de son existence il se jetait dans la Méditerranée par le Nil, il finit aujourd'hui dans l'Atlantique via le fleuve Zaïre !

Mais l'histoire du rift ouest africain n'est pas achevée car son bombement se poursuit encore aujourd'hui, alors qu'il a déjà 1 500 mètres de hauteur ! Le fossé d'effondrement continue lui aussi à s'approfondir atteignant à présent 2 400 mètres au Kivu et même 4 700 mètres au lac Tanganyika ! A coup sûr le continent se casse, s'ouvre, mais très lentement puisque la zone ne s'est dilatée que d'un kilomètre en soixante millions d'années. Les séismes, signes de l'instabilité de la zone, viennent souvent troubler la quiétude des habitants du rift. D'autre part, le Nyamuragira et le Nyiragongo, les deux joyaux de la chaîne volcanique des Virunga qui barre le rift sur 80 kilomètres de long, ont de fréquentes éruptions prouvant la montée de magma profond.

LA DESCENTE AUX ENFERS

C'est en juin 1973 que nous découvrons le Kivu, cette région enchanteresse située à la limite du Zaïre et du Rwanda, au cœur de l'Afrique profonde. Son paysage unique au monde, fait de hautes silhouettes volcaniques sombres, de brumes rampantes, de senteurs fortes et moites et de bruits lointains qui ricochent sur les falaises bordant le fossé, séduit immédiatement le visiteur. Tôt le matin, quand l'Orient flamboie, les bords du lac Kivu se découpent en dentelles de baies et de caps dorés où s'accrochent en filigrane quelques lambeaux de nuages. Des pirogues chargées de pêcheurs silencieux glissent en ombres chinoises sur son miroir éblouissant. Tout est calme et douceur, harmonie et sensualité. Au nord, au-dessus des plaines fertiles et des forêts denses, se dresse le Nyiragongo superbe et imposant. Son cône tronqué aux pentes raides, culminant à 3 469 mètres d'altitude, est flanqué de part et d'autre de deux volcans satellites, assoupis depuis plusieurs siècles : au nord le Baruta, au sud le Shaheru. Tel un pâtre, le géant veille sur les nuées de cônes adventifs couverts de jardins en damiers qui s'éparpillent à ses pieds. De son sommet s'échappe un énorme panache blanc de vapeur et de gaz qui évoque l'image d'un pique-bœuf perché sur le dos d'un buffle et réfléchit la nuit l'incandescence du lac de lave permanent occupant le fond de son cratère depuis 1927. Quelle pression colossale doit exercer cette énorme colonne de roche fondue sur les flancs du Nyiragongo qui nous domine de plus de 1 700 mètres ! Une formidable épée de Damoclès !

Installés à la terrasse fleurie de l'hôtel des Grands Lacs, nous discutons passionnément de volcans avec Jacques Durieux, « l'homme qui descend toutes les semaines dans le cratère du Nyiragongo ». Alpiniste chevronné, il a exploré et escaladé tous les sommets des Virunga. L'œil vif et en gesticulant de ses grands bras d'insecte grimpeur il nous enchante de ses merveilleuses histoires de montagnard. Il ne tient pas en place sur ses longues jambes d'échassier et nous invite immédiatement à loger dans sa belle maison nichée dans un bosquet fleuri d'arbustes exotiques d'où l'on jouit d'une vue imprenable sur le lac, un petit paradis que jamais nous n'oublierons. D'emblée, il propose de nous accompagner lors de notre descente dans le cratère du Nyiragongo.

La nuit qui précède notre ascension est quelque peu agitée. Les récits des explorateurs me hantent et je rêve de forêts tropicales pleines de serpents, d'éléphants et de buffles agressifs qui nous piétinent, d'impossibles parois abruptes et instables, de gaz mortels, de lave débordant de toutes parts sur la montagne. Enfin, l'aube me délivre de tous ces périls...

Les sacs sont bouclés, ils contiennent, outre l'équipement classique du montagnard, des combinaisons ignifugées, des masques à gaz, des termocouples pour

Page 69 : Moulage en creux d'un éléphant pris dans la lave de l'éruption de 1977, couché sur le côté ; en premier plan l'abdomen contenant les os, plus haut la tête et même l'arrondi de la trompe, Nyiragongo.

mesurer la température de la lave et des compresses contre les brûlures. En nourriture et en eau nous avons de quoi tenir une semaine. Le conservateur du parc national des Virunga nous a donné l'autorisation exceptionnelle de descendre et de séjourner dans le cratère. Le temps d'effectuer les formalités au camp des guides de Kibati, achat du permis de séjour, inscription dans le livre d'or, répartition des charges aux porteurs, et la longue caravane démarre en passant à côté d'une borne où s'inscrivent ces caractères : « Volcan Nyiragongo — Ascension : montée cinq heures, descente trois heures — huit heures vous suffisent pour admirer la force de la Nature ». Nous traversons d'abord de vieilles coulées de lave cordées qui se devinent à peine sous le manteau de fougères et de lichens, puis nous pénétrons dans la forêt épaisse. Notre guide, armé d'un fusil, est en tête prêt à nous défendre contre la charge des éléphants, des buffles, ou des braconniers. Ces derniers sont peut-être le gibier le plus dangereux de l'endroit; ils n'hésitent pas à tirer sur les gardes du parc chargés de faire régner l'ordre et d'empêcher le massacre des animaux. Les traces de passage d'éléphants sont nombreuses mais, à notre grande déception, nous ne verrons aucun de ces charmants pachydermes ! Le sentier est boueux et glissant. Je regarde les pieds larges du porteur qui me précède s'enfoncer dans la pâte noire et visqueuse malaxant à chaque pas de ses doigts de pieds écartés la terre grasse. Au bout d'une heure de marche, nous faisons une première halte dans une clairière. Le temps magnifique nous permet de contempler à loisir le cône vert du Shaheru. Derrière lui, la masse sombre du Nyiragongo nous écrase, tellement elle semble énorme.

Je profite de la halte pour assaillir notre guide de questions sur les croyances attachées aux volcans des Virunga qui sont légion. L'une d'elles est particulièrement belle, elle raconte la lutte entre deux génies, Ryangombe, qui vit dans le volcan Karisimbi, et Gongo, qui règne dans le Nyiragongo. Chacun avait un troupeau de moutons, ceux de Ryangombe étaient blancs, ceux de Gongo noirs. Voulant croiser ses bêtes, Gongo alla trouver l'autre génie pour lui demander de lui prêter un bélier, mais il refusa. Gongo n'insista pas mais en partant il arracha une feuille de tabac à la plantation de Ryangombe et la froissa de dépit. Ce fut l'origine du conflit entre les deux génies. Ryangombe, suivi de ses partisans, attaqua Gongo sur son terrain, le Nyiragongo. Ce dernier fit alors jaillir des étincelles et lança des tisons enflammés. En réponse, Ryangombe fit tomber la pluie, le feu s'éteignit et il put se jeter sur son adversaire. Ayant terrassé Gongo, il lui coupa la tête et c'est depuis ce jour que le Nyiragongo est un cône tronqué ; puis il le poussa dans le cratère et le recouvrit de roches chaudes. Gongo dut se résigner à rester sous terre dans un feu intérieur continuel, entretenu par ses adeptes qui, inlassablement, sans jamais pouvoir s'arrêter, coupent du bois dans la forêt de Kibati et le jettent dans l'antre béant. Quand le Nyiragongo est en forte activité, cela signifie que le cratère est trop plein de bois ou bien que les esprits se battent entre eux. Pendant ce temps, les fidèles de Ryangombe se reposent en fumant le bon tabac de leurs plantations...

Maurice, à son tour, questionne le guide sur la signification des noms des volcans ; Nyiragongo (mère de Gongo), traduit-il, Nyamuragira (celui qui commande), Sabinyo (le vieux aux grosses dents). Et soudain, agacé, notre guide s'exclame :

« Maintenant que je t'ai répondu, veux-tu me dire que signifie Gabriel, mon prénom, Joseph celui du chef porteur, Ernest, Célestin ? »

Interloqué, Maurice le regarde et embarrassé déclare qu'il se fait tard et qu'il vaut mieux reprendre la marche.

Progressivement, la végétation se rabougrit ; les grands arbres font place aux bruyères géantes où s'étirent les lichens en longues chevelures vert pâle. Après une deuxième halte au camp des Bruyères, le sentier devient raide et grimpe dans la flore alpine de séneçons, lobélies et immortelles,

Pages 72-73 : La dérive des continents en miniature sur le lac de lave du Nyiragongo (Zaïre).

caractéristique de beaucoup de montagnes africaines. Puis les dernières traces de vie disparaissent et, seul, règne le monde de la pierre balayé par un vent glacé. J'imagine le spectacle que nous offrons vu d'au-dessus : une colonne dérisoire de minuscules fourmis progressant lentement sur le dos de la bête géante et qui, prétentieuses, se disent : « Je monte là-haut pour te comprendre, pour te décortiquer, t'analyser, t'arracher tes secrets millénaires pour que progresse la science ! Combien grandes sont l'ambition et la vanité des hommes... »

Bientôt, après avoir dépassé les deux refuges métalliques et ronds construits pour abriter les nombreux visiteurs, nous atteignons le but tant attendu, le bord du fabuleux cratère du Nyiragongo. L'instant est solennel, il n'y manque qu'une musique d'ouverture d'un opéra de Wagner. Le gouffre est exceptionnellement bien dégagé. Nous contemplons, subjugués, l'abîme fumant, le chaudron du diable unique au monde. Avec quelle émotion nos yeux se fixent sur le puits central qui troue l'énorme arène, ce « colisée dix fois plus grand » comme s'exclamait le comte A. von Götzen quand il le vit pour la première fois. Voilà donc devant nous, à notre portée, cette lucarne dans les entrailles de la Terre où nous rêvons de descendre depuis notre adolescence. Elle fume abondamment, libérant un panache blanc et bleuté qui développe ses grosses volutes denses, mugit, gargouille, grogne, ronfle, chuinte, claque, gigantesque gueule de dragon à l'haleine empoisonnée ! Gelés, nos porteurs s'impatientent ; impitoyables, ils nous arrachent à notre extase car ils veulent redescendre. A peine leur avons-nous fixé la date à laquelle ils doivent venir nous reprendre qu'ils se sauvent à toutes jambes, courant d'une traite en une heure trente jusqu'à Kibati ! Le charme rompu, nous détaillons la topographie des lieux. Le cratère a un diamètre de 1 200 mètres. Ses parois abruptes butent 180 mètres en contrebas sur une première plate-forme, en forme d'anneau, d'une largeur de 200 mètres, séparée par 5 mètres de falaise d'une deuxième terrasse concentrique à la première et ayant 150 mètres de large. Elle est trouée par le puits central actif de 400 mètres de diamètre, rempli de gaz et de vapeur qui, légèrement rougeoyante, trahit la présence du célèbre lac de lave.

Chargés de tout notre matériel, nous entamons notre descente aux enfers, assurant prudemment nos pas pour ne pas détacher de blocs dans la paroi instable. Au passage, nous admirons les alternances de strates de roches volcaniques massives et de cendres, restes d'épisodes successifs de lacs de laves fluides et de phases explosives. Certaines roches, appelées néphélinites, ressemblent à du nougat ; elles sont bourrées de gros cristaux blancs de leucite, un minéral riche en potassium, qui ont jusqu'à six centimètres de diamètre. Çà et là, s'observent quelques filons sinueux blanchâtres. Enfin, au bout d'une heure, nous atteignons un gros éboulis, puis la première plate-forme avec l'impression de poser le pied sur une planète inconnue. A quelque quatre cents mètres de nous, fument, grondent et sifflent les poumons de la Terre. Jacques disparaît derrière un énorme chaos de blocs puis revient chargé du matériel qu'il laisse toujours dans le cratère entre ses nombreux séjours. Il y a là tente, couvertures, matelas, réchaud, conserves diverses, whisky, rhum, champagne. Nous installons rapidement le camp, rangeons à l'abri d'une pluie éventuelle le matériel fragile et nous nous précipitons, ô combien impatients, vers le fameux lac de lave. Nos pas font craquer, crisser la croûte noire vitreuse et soyeuse qui recouvre uniformément les plates-formes. Par endroits, elle est boursouflée de petits monticules d'un mètre de haut, bulles de lave creuses, tapissées de stalactites fines et pointues.

« Que s'est-il donc passé là ? demande Maurice.

— L'année dernière, le 7 avril 1972, nous raconte Jacques, le niveau du lac est monté soudainement, remplissant complètement le puits central ; la lave a ensuite noyé, telle une gigantesque marée, la deuxième plate-forme, puis la première.

» Malheureusement ou heureusement

peut-être, le phénomène n'a pas eu de témoin, il est certain qu'il aurait été fatal à celui qui se serait trouvé à notre place. Toujours est-il que ce jour-là, tel du lait qui déborde d'une casserole, le flot incandescent de pierre fondue, riche en gaz et à une température de 1 100 degrés, en vagues énormes animées d'une grande vitesse, a sauté sans les remplir les fissures béantes qui fendent çà et là les plates-formes et s'est fracassé en giclant sur les parois du cratère jusqu'à cinq mètres de hauteur ! »

Ironique, Jacques ajoute qu'il n'y a pas lieu de s'inquiéter pour nous et que si un nouveau débordement a lieu « nous n'en aurons que jusqu'aux genoux ! » Quand on est volcanologue, on ne s'en fait pas pour si peu ! Cinq mètres à descendre et nous foulons le sol de la deuxième plate-forme. L'impatience me fait courir et c'est complètement essoufflée par l'atmosphère pauvre en oxygène et riche en gaz délétères que j'atteins le bord du puits.

Fantastique ! Sublime ! Fascinant ! Un ouragan de sensations, de visions, de bruits, d'odeurs m'envahit. Une formidable impression d'équilibre, de beauté, de liberté m'inonde. A mes pieds, 15 mètres plus bas, un énorme croissant de lave incandescente de 400 mètres sur 150 ondule et respire, enserrant une île flottante comme les douves entourent un château fort. Agitée d'une houle mystérieuse, la peau élastique, grise et ridée qui recouvre le lac se soulève puis s'abaisse dans un halètement de titan. Parfois, elle se déchire, laissant entrevoir la chair orangée et visqueuse du monstre de feu. Les gaz éclatent à la surface en résilles d'or à l'odeur sulfureuse suffocante et courent le long des parois en merveilleuses fontaines amarante. L'haleine du volcan est si chaude qu'il nous est impossible de rester debout au bord du gouffre. Le visage brûlé, nous reculons de quelques pas pour prendre une bouffée d'air un peu moins asphyxiante. Émerveillés, nous nous plaquons au sol, tout au bord, pour mieux contempler ce spectacle hallucinant. Le sol vibre et gronde sans cesse sous nos corps. Tout à coup, sans raison apparente, la masse de lave se met en mouvement du nord au sud. Des vagues amples la balaient, la labourent, engloutissant en quelques instants la peau grise dans le bain fondu écarlate qui sourd de l'extrémité septentrionale du lac pour venir s'engouffrer en rugissant dans une caverne rouge sang proche de nous bordée de crocs de pierre molle. Le phénomène a quelque chose d'implacable qui fait frémir, nous sommes devant un réservoir de magma à ciel ouvert violemment brassé par des courants de convection et des montées gazeuses.

Puis le calme revient et le lac se recouvre d'une peau de pachyderme souple et luisante. Nous en profitons pour faire le tour de notre prison circulaire aux murs veloutés où alternent les strates ocre, brunes, blanches et noires empilées en quinze mille ans d'histoire du strato-volcan. De nombreuses injections de lave grise, des dykes, venues des profondeurs, traversent les différentes couches, les tranchant net. Nous longeons le bord de la deuxième plate-forme séparée de « l'île flottante » qui baigne dans le lac, par un à-pic de dix mètres à peine. Elle est recouverte d'un placage de lave noire, brillante, figée en mille plis, et dû à un débordement du lac quelques jours auparavant. Comme les deux plates-formes, l'île est composée d'empilements de minces couches de roches rougies par l'oxydation et qui sont autant de débordements tranquilles du lac. Plusieurs gueulards trouent l'île de leur incandescence. Dans des bruits de forge et de tuyères, des soufflards crachent gaz toxiques et gouttelettes de lave qui s'écrasent en crépitant sur nos casques, trouent et brûlent nos grosses vestes en duvet. De l'une des bouches jaillit, avec une force inouïe, une flamme bleuâtre due à la combustion des gaz volcaniques avec l'oxygène de l'air. J'ai l'impression de me promener sur le couvercle d'un gigantesque autocuiseur.

Déjà le soleil disparaît derrière l'enceinte du cratère. Les ombres coulent sur les parois dont les strates se fondent les unes dans les autres. Le panache de vapeur, délicatement rosi à son sommet par le couchant, se teinte

Page 76 : Le Gasenyi jaillit au milieu d'une forêt sur le flanc du volcan Nyamuragira ; des lambeaux de lave sont accrochés dans les arbres (Zaïre).

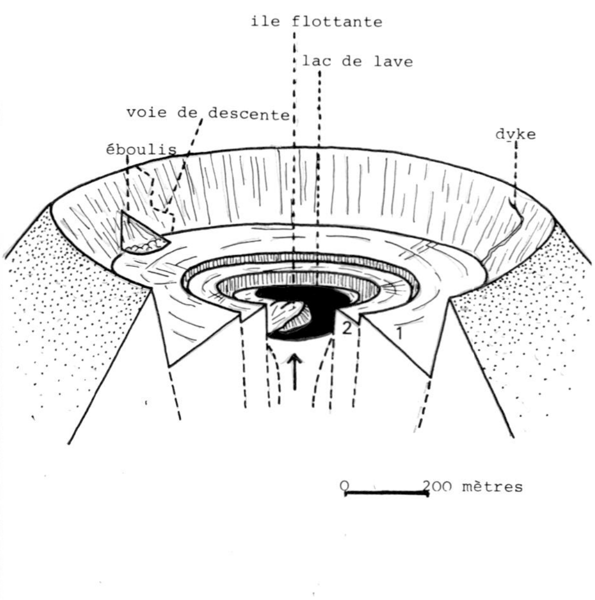

Cratère du Nyiragongo vu du nord

Juillet 1973 (2 terrasses: 1, 2)

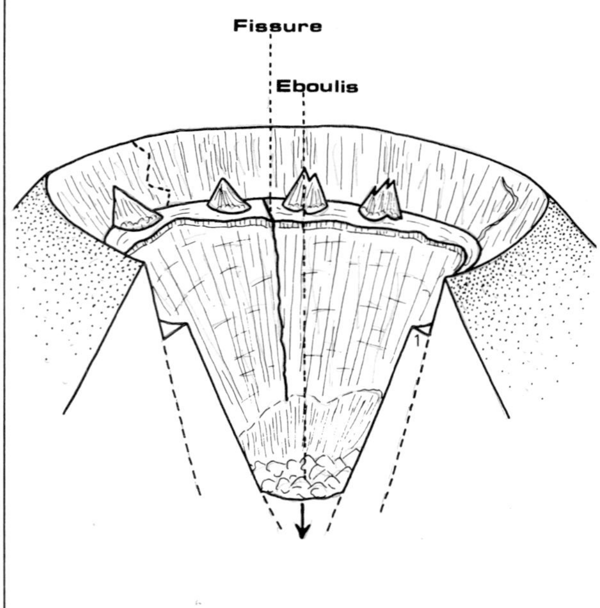

Cratère du Nyiragongo vu du nord

15 Janvier 1977 (effondrement des terrasses)

d'orangé, puis s'embrase et s'éclaire de rouge somptueux. Spectacle fabuleux que cette tombée du jour où le cratère s'éclabousse du sang de la Terre, nous baignant dans une atmosphère pourpre. Nos vêtements, nos mains, nos visages reflètent le feu ardent. Cognements sourds, halètements, mugissements de l'antre du diable se répètent et s'amplifient contre les hautes murailles. Nous sommes minuscules, insignifiants, à peine tolérés dans ce déploiement grandiose d'une Nature toute-puissante. Curiosité scientifique et soif de comprendre s'évanouissent à cette heure où petits papillons de nuit attirés par le feu de la Terre, nous allons griller nos visages au bord du gouffre incandescent. Des heures durant, hypnotisés, nous suivons la houle du lac devenu or. Flux et reflux battent les parois dont des pans entiers s'effondrent, créant des raz de marée, bouleversant cette mer intérieure.

« On dirait la dérive des continents, la tectonique des plaques en miniature et à l'accéléré ! » s'exclame Maurice, « Momo la science », comme je l'appelle parfois, rompant du coup notre contemplation silencieuse.

Le lac est en effet recouvert de plaques rigides refroidies, noires, aux limites rougeoyantes, qui se déplacent les unes par rapport aux autres sur le magma sous-jacent animé de formidables courants de convection. Ici, certains radeaux s'écartent les uns des autres nous rappelant les dorsales qui ceinturent les océans, là ils passent les uns sous les autres comme le font les plaques lithosphériques le long des fosses océaniques. C'est exactement ce même phénomène qui anime l'écorce terrestre, la lithosphère rigide, flottant sur le manteau chaud et pâteux. Notre écorce, tel un puzzle gigantesque, est divisée en une douzaine de plaques qui dérivent dans un ballet incessant, entraînant sur leurs dos les continents, créant dans leurs mouvements, surtout à leurs limites, volcans et tremblements de terre. Alors que Maurice, insatiable, nous abreuve d'explications et que nous sommes toujours

Page 77 : Une fontaine de lave du Gasenyi, au Nyamuragira (Zaïre).

couchés sur la margelle du puits central du Nyiragongo, un phénomène exceptionnel nous fait tout à coup nous redresser. Le lac se vide par saccades, il s'engouffre en profondeur, son niveau baisse de dix mètres en quelques instants ! Nous attendons, anxieux. Que va-t-il se passer ? Aux deux bouts du lac les grottes d'entrée et de sortie de la lave sont béantes. Peut-être un débordement s'annonce-t-il ? Peut-être vaudrait-il mieux fuir, regagner la falaise, car derrière nous, sur 200 mètres, pas une butte, pas un monticule où nous réfugier ! Maurice, avec son air de petit prince de Saint-Exupéry qui a grandi trop vite, me regarde et me fait remarquer que nous sommes fous de rester là. Et pourtant nous restons, rivés aux bords du chaudron, la curiosité est plus forte que la peur... Longues sont les minutes qui s'écoulent. Au loin, les gueulards se sont tus alors que le panache rouge de vapeur monte silencieusement. Le lac est terne, inerte, à peine zébré de lignes incandescentes. Le calme est tel, qu'un moment nous pensons même descendre dans le puits !

« Pas la peine, s'écrie Maurice, ça y est, le lac monte à nous ! »

C'est vrai, il gonfle comme un gâteau, puis se recouvre de vagues successives qui déferlent les unes sur les autres, se ruent en tous sens et éclaboussent les parois. De gros bouillons éclatent en fleurs pourpres aux calices d'or exhalant leur parfum soufré. Puis, contre toute attente, en quelques secondes, la lave reprend son niveau habituel et se calme. Le cycle a duré moins d'une heure. Le spectacle est terminé, un rideau de nuages tombe et nous chasse.

Titubant, trébuchant sur chaque aspérité, ivres de lumière, de gaz et de bruits, nous regagnons lentement notre camp. Un froid vif nous assaille. Près de la fournaise du Nyiragongo, nous avions oublié qu'il fait froid, très froid au sommet des montagnes d'Afrique. Trop las pour dîner, nous disparaissons dans nos duvets. Lorsque je ferme les yeux, je vois dériver les plaques sur le lac d'or. Un kaléïdoscope d'images fortes occupe mes rêves. Le sol vibre, tremble, tressaille sous la tente comme si nous dormions à même le cœur de la Terre. Souvent, au cours de cette première nuit, je me redresse en sursaut, réveillée par un grondement plus fort, et je me penche dehors, hantée par les débordements toujours possibles, tendant l'oreille, attentive au moindre bruit suspect.

Sept jours durant, nous resterons prisonniers volontaires de ce monde de cercles centré sur la forge de Gongo, à l'époque le seul lac de lave permanent de la planète avec ceux de l'Erta'ale en Éthiopie et de l'Erebus dans la lointaine Antarctique. Un très grand moment de notre vie de volcanologue.

Malgré nos habits en lambeaux rongés par les gaz qui nous intoxiquaient sournoisement, malgré la chaleur, le risque et l'inconfort nous étions là, heureux, étudiant le jour la structure du cratère, la pétrographie des roches, les variations de température du lac et des gueulards, récompensés la nuit par un spectacle unique que la Terre ne donnait que pour nous.

Quand enfin nous émergeons du cratère pour quitter notre paradis en enfer dans le brouillard et le vent, le Nyiragongo nous comble une dernière fois ; le soleil se lève, énorme boule de feu sur le piton déchiqueté du vieux Mikeno, puis le cône blanc du Karasimbi s'éclaire lentement ; à nos pieds, la lave bouillonne et gronde, nous assistons à la naissance du monde. Nous ne pouvions pas imaginer alors dans quelles conditions tragiques nous reviendrions quatre ans plus tard...

LA FIN BRUTALE DU GÉANT : LE LAC DE LAVE SE VIDE...

En janvier 1977, alors que nous sommes au Kenya explorant le volcanisme de l'Est africain, l'incroyable nouvelle nous parvient par télégramme : « 10 janvier, 10 heures du matin, lac de lave du Nyiragongo s'est vidé sur alentours - menace Goma - Stop. » Nous ne pouvons le croire ; le spectacle le plus fantastique de la nature aurait disparu en semant la mort et la destruction ! Notre

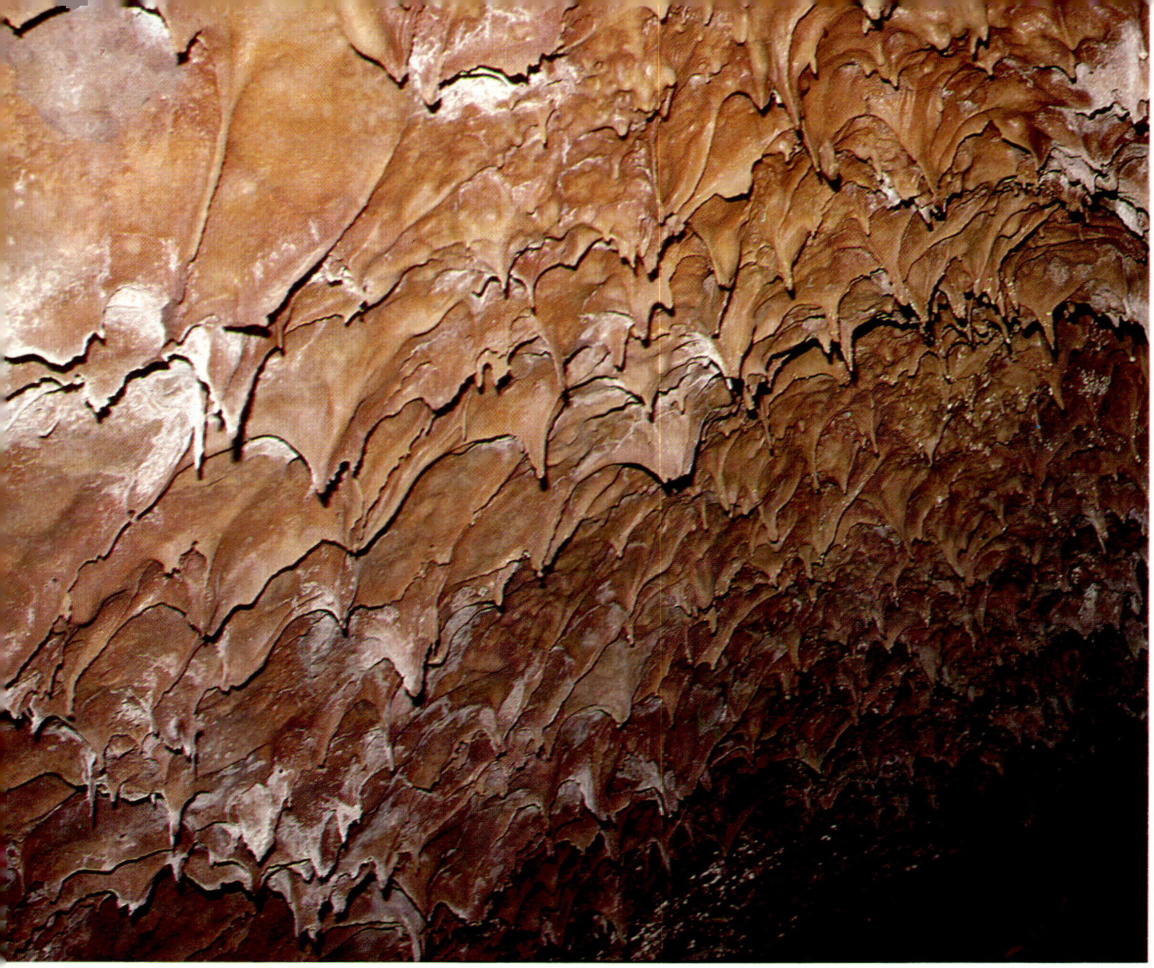

Le pic de Teide et ses tentacules de lave pâteuse, à Ténérife (Canaries). ▶

◀ Une grotte de lave où circulaient des coulées en fusion ; le boyau est tapissé de stalactites de basalte, à Lanzarote (Canaries).

correspondant doit exagérer, ce n'est pas possible ! Pourtant le citoyen Tshiambo, jovial homme d'affaires zaïrois de Goma, la petite ville au pied du Nyiragongo, qui vient d'arriver à Nairobi, nous le confirme :

« Oui, il y a le feu partout là-bas, vraiment c'est terrible, tout le monde est parti au Rwanda, Goma est vide, c'est l'enfer. Je suis terrifié, je ne veux plus vivre là-bas... »

N'y tenant plus nous prenons le premier avion pour le Kivu et immédiatement un autre, vieux bimoteur poussif, pour survoler le Nyiragongo. L'appareil vire, vire encore pour prendre de l'altitude, à l'ouest se dessine le vaste dôme surbaissé du Nyamuragira de 15 kilomètres de diamètre, couronné d'une magnifique et énorme caldeira sommitale. C'est le second monstre actif de la chaîne des Virunga. Il ne se passe pas trois ou quatre ans sans qu'il entre en éruption, lançant ses fontaines de lave et vomissant ses coulées fluides qui dévalent les pentes jusqu'à dix, voire vingt kilomètres de leur source. Je l'ai gravi plusieurs fois, la dernière en mars 1980, pour assister à l'agonie du Gasenyi un appareil adventif né sur son flanc nord. Surprise, un petit cône est en pleine activité sur sa pente sud, le Murara. Le pilote nous apprend qu'il est né le 23 décembre 1976 vers midi après que quatre petits séismes eurent ébranlé la zone. Il éructe laborieusement ses jets de lave. A sa base sud, une coulée dessine des méandres incandescents qui brûlent la forêt épaisse. Son activité durera jusqu'à fin juin 1977. Brutalement, alors que l'avion glisse à bâbord, la catastrophe du Nyiragongo nous apparaît dans toute son ampleur. D'immenses champs de lave brûlants et stériles défilent, noyant dans leur uniformité grise villages, routes, cultures et forêts. C'est hallucinant ! Cinq fissures béantes dont la plus grande s'allonge sur six kilomètres, déchirent les flancs du volcan, s'enfoncent dans les cônes, écartèlent, hachent la Terre. Le Nyiragongo si débonnaire s'est vidé en quelques minutes, telle une baignoire percée, semant la mort aux alentours. Le télégramme disait vrai !

De retour à Goma les yeux pleins de cette horrible vision, nous nous rendons chez des amis belges qui s'empressent de nous raconter le cataclysme.

Depuis décembre 1976, le niveau du lac de lave du Nyiragongo fluctuait beaucoup. Il avait à plusieurs reprises noyé la première plate-forme. De fréquents tremblements de terre secouaient la région. Le 6 janvier, la grande faille de direction nord-sud passant sous le Nyiragongo bouge. Le lac de lave atteint alors son altitude maximale : 3 260 mètres, dominant la ville de Goma de 1 800 mètres ! Puis brusquement le 10 janvier à 10 h 1 du matin alors qu'un énorme panache gris en forme de champignon atomique développe rapidement ses lourdes volutes de cendres à plusieurs milliers de mètres de hauteur, cinq fissures alignées déchirent la terre, éventrant la base du volcan au nord et au sud. Immédiatement, la lave du lac jaillit furieusement et à grande vitesse des nouvelles fractures. Tel un fantastique raz de marée à 1 100 degrés, elle engloutit dans sa pâte fluide et lisse forêts, maisons, cultures, routes et malheureux indigènes qui n'ont pas eu le temps ou le réflexe de se réfugier sur les hauteurs, à l'abri du fleuve de feu qui fonce à 60 kilomètres à l'heure ! Pour les habitants de Goma c'est la fin du monde car la ville, secouée d'incessants séismes, est plongée en plein jour dans une obscurité opaque de cendres. Des ouragans d'une violence inouïe dus à la différence de température entre la lave en fusion et l'air ambiant arrachent arbres et bananeraies. La prophétie de l'explorateur Sharpe qui écrivait en 1912 : « ... dans dix ans, dans dix siècles peut-être, Goma sera ravagée par le feu du volcan... » se réaliserait-elle ? Les résidents de Goma le croient. Pris de panique, ils fuient éperdument. Voitures, camions, bicyclettes, charrettes, bulldozers même, tout est bon pour entasser hâtivement hommes, femmes et enfants et les transporter en sécurité au Rwanda. Plusieurs jours plus tard, on retrouvera des gamins égarés, séparés de leurs parents, à des dizaines de kilomètres de là. Certaines familles ne reviendront jamais.

Pourtant, malgré la soudaineté de l'éruption et la grande vitesse des coulées, on ne déplorera qu'une cinquantaine de victimes. En quinze minutes, 20 millions de mètres cubes de roche en fusion, provenant de la colonne de lave située dans la cheminée du volcan entre 2 200 et 3 260 mètres d'altitude, se sont déversés sur une surface de 22 kilomètres carrés !

Une heure après le début du cataclysme, le flot de lave dévastateur s'immobilise enfin dans le village de Monigi à moins de 1 000 mètres de l'aéroport. Il s'en est fallu de peu que Goma soit anéantie. Quand plus tard nous survolerons le cratère du Nyiragongo, ce sera pour nous rendre compte que tout a disparu, le lac de lave et toutes les plates-formes massives, laissant un trou béant, fumant, en forme d'entonnoir de 1 200 mètres de diamètre et de 800 mètres de profondeur au fond comblé d'un éboulis.

Au sol, la catastrophe est encore plus impressionnante. Tour à tour sublimes et lugubres les coulées s'étalent à perte de vue, hérissées d'arbres morts aux branches dénudées et noircies, qui tels des bras levés semblent implorer le ciel. Près de Goma, l'épanchement forme une mer déchaînée, chaotique, de petits blocs roux, mais plus au nord le flot incandescent s'est figé en un linceul d'argent lisse, satiné, où ondulent de magnifiques draperies moirées, où s'entassent des cordes de pierre. Çà et là, vagues et remous figés contournent d'épais troncs d'arbres qui lentement se consument. Ailleurs, un glaçage d'embruns qui semble encore gicler recouvre les maisons défoncées. Tout le long des fissures, des lambeaux de lave sont accrochés haut dans les arbres. Des camions qui circulaient sur la route grouillante de vie au moment de l'éruption, il ne reste que des châssis tordus pris dans la gangue minérale. Plus en amont, seuls la carcasse d'un minibus de touristes et un gros réservoir en fonte marquent l'emplacement du camp des guides de Kibati d'où nous étions partis pour gravir le volcan en 1973. Qui pourrait croire qu'il y avait là des maisons pleines de cris et de rires, des jardins verdoyants ! Dans le désert triste aux vagues de pierre qui aujourd'hui remplace la forêt dense, quasi impénétrable de jadis, d'étranges cuvettes défoncent l'étendue plate... Oh ! stupeur ! Ce sont les empreintes parfaites de corps d'éléphants. L'abdomen, les pattes, la tête, même la trompe et la queue sont imprimés dans la lave. Surpris par la vitesse du flot meurtrier ils ont été moulés dans le linceul ardent !

Mais déjà de jeunes pousses vert tendre percent l'onde d'argent. La Nature veut cacher son forfait en le gribouillant de verdure. La vie plus forte que la mort reprend, l'espoir renaît.

A quand et où la nouvelle éruption du Nyiragongo ? Personne ne peut le dire. Espérons que le lac de lave se reforme dans le cratère car sinon le démon risque de surgir n'importe où sur les flancs du coupable, même en plein centre de Goma...

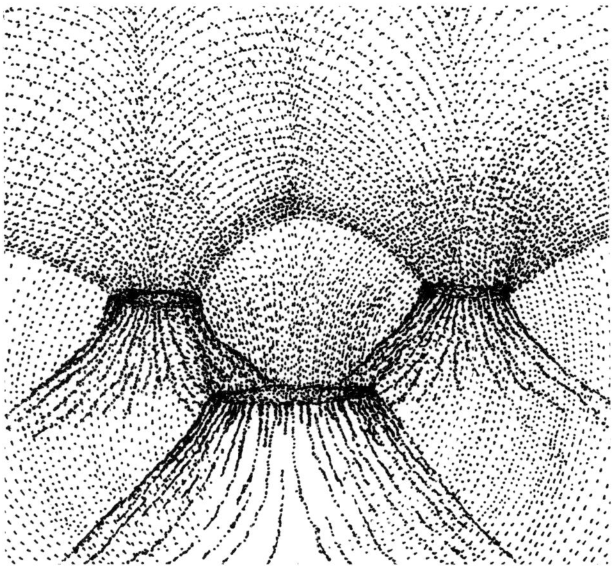

Page 84 : Cultures dans les cendres volcaniques à Lanzarote (Canaries).

4-Lanzarote, la Lune sur Terre

LANZAROTE, morceau de Lune tombé dans l'océan Atlantique, à une centaine de kilomètres des côtes africaines. Pas une source, pas un ruisseau ne coulent sur cette île où seuls des flots de lave ont déversé depuis vingt millions d'années leur chaos brûlant, où les scories, les blocs et les cendres ont construit plus de 300 cônes noirs, rouille, violets, si lunaires que notre satellite lui-même s'y tromperait.

Mais Lanzarote n'est pas un astre mort, car 50 000 Canariens s'y accrochent, leurs petits villages de cubes immaculés blottis aux pieds des taupinières assoupies frangées de damiers noirs de champs rectilignes. Ici il ne pleut guère, l'alizé dessèche l'île et les hommes, et pourtant ils résistent. Défiant l'impossible, ils construisent leurs champs. Avec goût, ingéniosité et patience ils sont devenus complices des volcans, façonnant, étalant, ratissant les cendres noires, produits des colères de la Terre, pour créer une œuvre d'art, un miracle : les cultures de Lanzarote. Car si les pluies sont éphémères, les rosées matinales abondent et les particules de lave poreuses dont les cultivateurs recouvrent le sol, absorbent l'humidité, la captent et la transmettent par capillarité à la terre. Maïs, orge, tomates, pomme de terre et tabac peuvent ainsi, vigoureux, tacher de leur vert tendre l'ébène des lapilli qui s'étendent à perte de vue. Là, vignes et figuiers, à l'abri du vent dans de larges entonnoirs, en milliers de cratères lilliputiens bordés de murets de lave, dessinent à l'infini cercles et festons d'une broderie gigantesque. Terre bombardée par la rigueur et l'entêtement de l'homme qui s'acharne à domestiquer le monde qui l'entoure.

Le calme, la rigueur et la beauté sobre de ces jardins noirs s'arrêtent à Yaiza, bourgade coquette, oasis saharienne à l'ombre des palmiers. L'horizon s'ouvre sur une mer de lave grise, déchaînée, aux grandes vagues de pierre immobiles où surgissent de vieux cratères émoussés que les Canariens appellent des *islote,* des îles. Ce *malpais,* cette mauvaise terre n'a pu être conquise par l'homme ; seuls quelques lichens s'accrochent aux laves rugueuses.

Ici, l'une des plus formidables tempêtes de feu de tous les temps déferla entre 1730 et 1736. C'était alors la région la plus fertile et la plus peuplée de l'île. Jamais de mémoire d'homme, les Canaries ne connurent d'éruptions aussi catastrophiques, d'une durée aussi longue, d'un volume de lave aussi colossal ! Seul le manuscrit de Don Andrés Lorenzo Curbelo, qui était alors curé de Yaiza, peut nous faire revivre ce cataclysme :

« Le 1er septembre 1730, entre neuf heures et dix heures du soir, la terre s'entrouvrit

Page 85 : Tourisme à Timanfaya qui émit d'énormes quantités de lave de 1730 à 1736, à Lanzarote (Canaries).

tout à coup auprès de Timanfaya, à deux lieues de Yaiza. Dès la première nuit, une énorme montagne s'était élevée du sein de la Terre et de son sommet s'échappaient des flammes qui continuèrent à brûler pendant dix-neuf jours (...) un torrent de lave se précipita sur Timanfaya, sur Rodeo et sur une partie de Mancha Blanca. La lave s'écoula sur les villages vers le nord, d'abord avec autant de rapidité que l'eau, mais bientôt sa vitesse se ralentit et elle ne coula plus que comme le miel. Mais le 17 septembre, un rocher considérable se souleva (...) avec un bruit semblable à celui du tonnerre (...), il força la lave de changer de route et de se porter vers le nord-ouest et l'ouest-nord-ouest. La masse de lave (...) détruisit en un instant les villages de Maceto et de Santa Catalina (...). Le 11 septembre, l'éruption se renouvela avec force et la lave recommença à couler. De Santa Catalina, elle se précipita sur Maso, incendia et recouvrit tout ce village et poursuivit son chemin jusqu'à la mer ; elle coula pendant six jours de suite avec un bruit effroyable et en formant de véritables cataractes. Une grande quantité de poissons morts surnageaient à la surface des eaux de mer (...). Bientôt tout se calma. Mais le 18 octobre, trois nouvelles ouvertures se formèrent au-dessus de Santa Catalina qui brûlait encore et de ses orifices s'échappèrent des masses d'une fumée épaisse qui s'étendit sur toute l'île (...). Les coups de tonnerre et les explosions qui accompagnèrent ces phénomènes, l'obscurité produite par la masse de cendres et de fumées qui recouvrait l'île, forcèrent plus d'une fois les habitants de Yaiza et des lieux voisins, à prendre la fuite (...). Le 28 octobre, l'action volcanique s'était excercée de cette manière pendant dix jours entiers, lorsque tout à coup le bétail tomba mort, asphyxié dans toute la contrée, par un dégagement de vapeurs pestilentielles, qui se condensèrent et tombèrent sous forme de gouttelettes. Le 30 octobre tout redevint tranquille (...) Mais le 1er novembre les fumées et les cendres recommencèrent à paraître (...) le 27, une autre coulée se précipita avec une incroyable vitesse vers les bords de la mer ; elle atteignit le rivage le 1er décembre, et forma au milieu des eaux une petite île, tout autour de laquelle on trouva beaucoup de poissons morts (...). Le 16 décembre la lave (...) atteignit Chupadero qui bientôt, le 17, ne fut plus qu'un vaste incendie. Elle ravagea ensuite la fertile Vega de Ugo (...). Le 7 janvier 1731, de nouvelles éruptions vinrent bouleverser les précédentes. Des courants incandescents, accompagnés de fumées très épaisses, sortirent par deux ouvertures (...) formées dans la montagne. Les nuages de fumée étaient fréquemment traversés par de brillants éclairs d'une lueur bleue et rouge, suivis de violents coups de tonnerre, comme dans les orages, et ce spectacle était aussi effrayant que nouveau pour les habitants, car on ne connaît pas les orages dans ces contrées (...). Le 3 février, un nouveau cône fut soulevé ; il brûla le village de Rodeo (...) ! Le 7 mars s'élevèrent d'autres cônes et la lave qui en sortit (...) atteignit Tingafa qui fut complètement dévasté (...). »

Pages 88-89 : Explosion de nuit de deux bouches du Gasenyi au Nyamuragira (pause photographique) (Zaïre).

Chaque fois que les hommes croyaient que leur malheur s'achevait, de nouvelles fissures s'ouvraient, de nouveaux cônes s'érigeaient. Il y eut même des éruptions sous-marines comme le raconte Don Andrés Lorenzo Curbelo :

« ... A la fin de juin 1731, toutes les plages, et le rivage de la mer, du côté de l'ouest, se couvrirent d'une quantité incroyable de poissons morts, de toutes sortes d'espèces, et quelques-uns de formes qu'on n'avait jamais vues. Vers le nord-ouest, on voyait, de Yaiza, s'élever du sein de la mer une grande masse de fumée et de flammes, accompagnées de violentes détonations, et on observa la même chose sur toute la mer, du côté du Rubicon, sur la côte occidentale (...). Le 25 décembre 1731, l'île fut ébranlée par le tremblement de terre le plus violent qu'on eût jamais ressenti depuis les deux années désastreuses (...). Le 28 un courant de lave sortit d'un nouveau cône se dirigea vers Jaretas, incen-

dia le village, et détruisit la chapelle de Saint-Jean-Baptiste, auprès de Yaiza... »

C'en était trop, les habitants abandonnant tout espoir partirent définitivement avec le curé de Yaiza pour se réfugier sur l'île de la Grande Canarie. La terre continua à vomir son basalte incandescent jusqu'au 16 avril 1736, noyant une surface de 200 kilomètres carrés, recouvrant champs et villages, détruisant 400 maisons et construisant plus de 30 cônes tous alignés sur une gigantesque fissure. Le quart ouest de l'île si fertile et florissant était anéanti. En 1824, de nouvelles activités volcaniques eurent lieu dans cette partie de Lanzarote mais elles furent mineures. Depuis, l'archipel des Canaries a été ébranlé par trois autres éruptions : à Ténérife en 1909 et dans l'île de la Palma en 1949 et 1971. Sur cette dernière, les habitants attendent avec impatience de nouvelles coulées de lave. Celles de 1971 ont non seulement agrandi l'île vers le sud mais, à peine figées, elles ont été aplanies grâce à des engins de chantier, recouvertes de terre et plantées de bananiers dont la croissance est accélérée par le rayonnement de chaleur de la lave qui se refroidit.

Fertilité des vieux sols volcaniques, pouvoir absorbant des lapilli, coulées « chauffantes », autant de bienfaits des volcans largement exploitées par les Canariens. Même les Montanas de Fuego, « les Montagnes de feu », de Lanzarote sorties de terre lors des terribles éruptions de 1730 à 1736 ont trouvé leur utilité. Les touristes gorgés de soleil, de mer et de plages viennent l'espace d'une journée y apprendre que le feu de la Terre couve encore sous le volcan vieux de deux cent cinquante ans ! Pour les convaincre, un véritable spectacle leur est offert à l'Islote de Hilario, à l'entrée du parc national de Timanfaya. Un garde paré comme un gendarme d'opérette, plein d'assurance, commence par ramasser solennellement des scories blanchâtres, les pose dans les mains tendues des curieux qui aussitôt les rejettent car les petites pierres sont brûlantes. Puis devant leurs mines ébahies, tel un prestidigitateur, il fait frire un œuf à même le sol, enflamme des brindilles en les fourrant dans un trou. Enfin, clou du spectacle, il verse un seau d'eau dans un trou de forage qui quelques instants plus tard la recrache avec fracas en un geyser de vapeur de sept mètres de haut, ne manquant pas d'ébouillanter légèrement quelques touristes bronzés. Mieux encore, le restaurant voisin propose du poulet cuit à la chaleur du volcan ! Des mesures de température faites dans la zone pour des recherches géothermiques ont donné 100 degrés à quelques centimètres de la surface et 312 degrés à 12 mètres de profondeur.

Il existe même une route panoramique qui sillonne la mer de lave hérissée de blocs, grimpe sur les cônes multicolores, passe entre les parois tapissées de stalactites d'un tunnel de lave, traversant un paysage de Genèse, tour à tour héroïque, émouvant, grandiose et serein.

Ile admirable que celle de Lanzarote où l'homme a su s'intégrer au paysage et où il continue à vivre au rythme de la Terre. Tout y semble vrai, beau, simple. Espérons que ce sera pour longtemps encore car les Canaries, des tentacules de lave du pic de Teide aux orgues de basalte des falaises de Gomera, de la caldeira verte de la Palma aux grottes de lave irréelles de Lanzarote, sont parmi les plus belles îles volcaniques du monde.

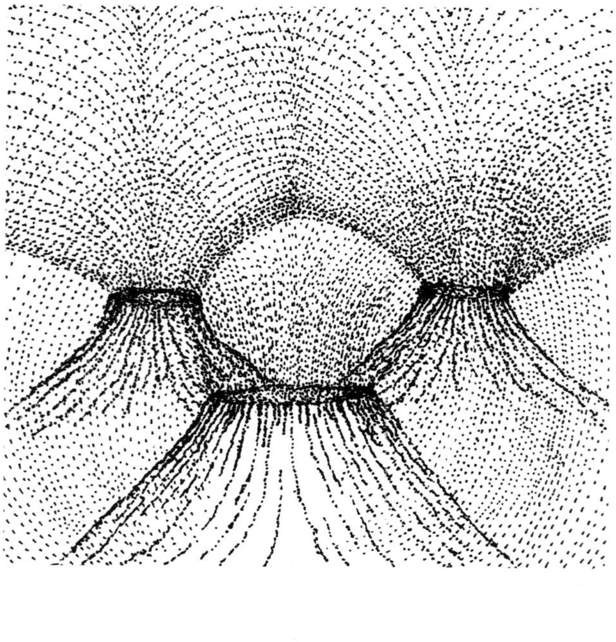

5-Mont Cameroun, le Char des dieux

« NOUS côtoyâmes une terre odoriférante et embrasée d'où sortaient des torrents de feu qui se précipitaient dans la mer. Le sol était si brûlant que les pieds ne pouvaient en supporter la chaleur. Pendant quatre nuits la terre nous parut couverte de feux, du milieu desquels s'en élevait un qui semblait atteindre jusqu'aux astres. Au jour nous reconnûmes que c'était une haute montagne nommée le Char des dieux. »

C'est ainsi que s'exprimait le Carthaginois Hannon, il y a vingt-cinq siècles, lorsqu'il pénétra avec sa flotte dans la baie de Douala. C'est peut-être la première description d'une éruption volcanique du mont Cameroun qui, depuis, en eut des dizaines d'autres.

Le volcanisme de cette partie de l'Afrique, le seul important de l'ouest de ce continent, reste malheureusement méconnu. Il s'étire pourtant sur 2 000 kilomètres de l'île d'Annobon dans le golfe de Guinée au lac Tchad, traversant le Cameroun en écharpe, ponctuant l'océan et la terre africaine d'une formidable ligne de volcans d'une variété extrême. Ici la caldeira de San Carlos sur l'île de Fernando Poo, là la chaîne de cônes stromboliens perchée au sommet du mont Cameroun, ailleurs le strato-volcan de Manengouba, les nuées ardentes des Bamboutos, les aiguilles de lave pâteuse des Kapsiki... Tous témoignent d'une vitalité volcanique impressionnante. Si les volcans les plus anciens sont nés il y a plusieurs dizaines de millions d'années, les plus récents sont millénaires, deux d'entre eux restant même potentiellement actifs, le Pico Santa Isabel (2 972 mètres d'altitude) sur l'île de Fernando Poo dont le dernier réveil date de 1898 et évidemment le mont Cameroun (4 070 mètres d'altitude), énorme crête basaltique, deux fois plus volumineuse que l'Etna, qui n'eut pas moins de neuf éruptions au siècle passé et quatre depuis 1900, dont la dernière en 1959. Elles furent toutes précédées de tremblements de terre ressentis par la population et d'impressionnants grondements souterrains. Le réveil de 1922 fut le plus fort ; il débuta par une activité au sommet et fut rapidement relayé par une éruption de flanc dont les coulées qui se jetèrent dans la mer recouvrirent 80 hectares de plantations de palmiers à huile, la voie ferrée et deux villages.

Aujourd'hui, les produits des méfaits successifs du mont Cameroun se cachent sous une épaisse couverture végétale équatoriale, même les laves de 1959 sont déjà peuplées de lichens, de fougères et d'arbrisseaux !

Volcanologues infatigables, nous avons inspecté la plupart des ensembles de la ligne des volcans de l'Ouest africain ; l'un d'eux nous passionne plus que les autres, nous décidons de le gravir : le mont Cameroun.

Page 92 (haut) : Harmonie des formes à Lanzarote (Canaries).
(Bas) : Coulées et cônes d'une trentaine de mètres de haut, au fond de la caldeira de la Fournaise.

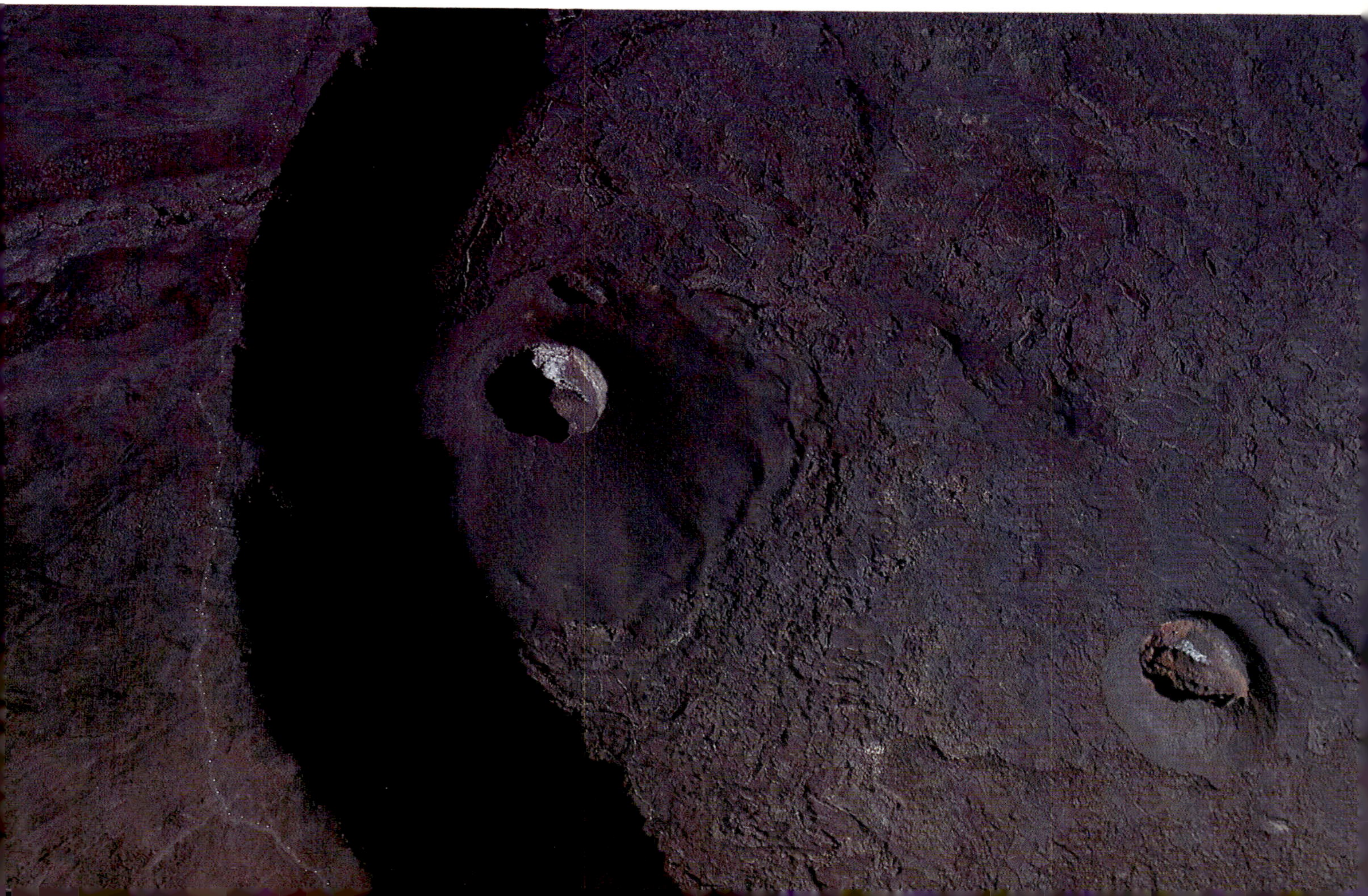

Par une belle matinée, nous quittons la petite ville fleurie de Buéa, construite à 850 mètres d'altitude, avec sept porteurs et un guide. Un chemin champêtre sillonne d'abord les pâturages ponctués de magnifiques vaches normandes, puis les jardins à la belle terre brune fertile. A peine avons-nous traversé la ferme-prison où travaillent des détenus de droit commun, que nous nous enfonçons dans la forêt dense et humide. Le soleil pénètre difficilement le plafond de feuillage. Nous avançons dans la pénombre verte d'un aquarium géant tapissé de mousses et de lichens pâles et mouvants.

A 1 800 mètres d'altitude, près du premier refuge, l'espoir renaît, nous sommes au bout du tunnel de verdure et jouissons enfin d'une vue inespérée sur l'escarpement du plateau sommital du mont Cameroun. Mais revoilà l'enfer vert, la forêt glauque, le chemin gluant, la moiteur étouffante : pas pour longtemps, heureusement, car, dès 2 000 mètres, une prairie blonde de graminées la remplace. Le sentier est de plus en plus raide. Le basalte noir pointe de partout, fleurit dans la verdure qui, à notre grande joie, s'espace, ce qui nous redonne courage.

Encore trois heures d'efforts soutenus et nos pas nous hissent jusqu'au second refuge blotti entre deux coulées à 2 800 mètres d'altitude. Heureux d'être arrivés, joyeux de se retrouver entre hommes loin de leurs femmes et de leurs enfants, nos porteurs s'installent bruyamment. Le feu qu'ils allument enfume copieusement la petite baraque. Nous fuyons, pestant, pleurant et partons visiter à quelques centaines de mètres de là une grotte de lave spacieuse de 10 mètres de haut, 5 mètres de large et 200 mètres de longueur. Les stalactites de basalte, les chenaux d'écoulements, les stries dues au frottement de la roche en fusion contre les parois, les niveaux successifs de magma soulignés par des bourrelets presque horizontaux le long des murs de la grotte sont encore bien visibles. Des émanations de gaz carbonique y ont même piégé de petits mammifères et un buffle sauvage dont les os sont éparpillés. Mais la nuit tombe, le froid nous assaille et nous nous installons avec délice près du feu qui, à présent, ronfle et dispense son agréable chaleur. Pendant toute la soirée, nos compagnons africains avides de connnaissance nous assaillent de questions sur le mont Cameroun, sa formation, et les risques de futures éruptions.

Le lendemain à l'aurore, quand les brumes et les bruits s'élèvent de la plaine, nous reprenons l'assaut du géant. Il fait beau, la crête sommitale semble à portée de main. La pente est douce sur les coulées couvertes de lichens. Dans les creux jaillissent de grands bouquets duveteux d'immortelles. A 3 600 mètres d'altitude, le chemin devient raide et serpente dans les scories et les cendres ; cônes noirs, cratères rouille et épanchements de lave fraîche remplacent définitivement le monde végétal. Nous entrons dans le règne de la pierre, nu, net, celui que nous aimons. Un vent violent et glacial nous transperce. Nous sommes dans notre monde, nos forces se décuplent, moins de trois heures plus tard nous arrivons au troisième refuge. Il est tout neuf, magnifique dans sa belle armure clinquante de tôle d'aluminium. Un peu plus haut, l'ancien abri en bois n'est plus qu'une carcasse calcinée, tout simplement brûlé il y a quelques mois par des promeneurs frigorifiés ! Malgré le froid intense qui nous pique le visage et le vent qui s'emballe, il nous faut continuer tout de suite car le temps reste clair. Nous abandonnons là bagages et porteurs et atteignons au bout de trente minutes et à bout de souffle, à 4 050 mètres d'altitude, le Bottle Peak, le « Pic des Bouteilles », appelé ainsi parce que les grimpeurs y déposent des bouteilles contenant des messages attestant de la réussite de leur ascension. Subjugués, nous contemplons le vaste panorama qui s'offre à nos regards. Sommes-nous bien en Afrique de l'Ouest ou au sommet du puy de Dôme l'automne ? Une véritable chaîne des Puys, semblable à celle de notre Massif central français, avec ses alignements de cratères entourés de coulées, couronne le mont Cameroun. Notre guide, vaillant, enveloppé dans des serviettes éponges car il ne pos-

Page 93 (haut) : Le sommet du mont Cameroun. *(Bas) :* Cheminée diamantifère vidée par l'homme (Afrique du Sud).

sède ni pull-over ni anorak, nous entraîne au sommet du mont Cameroun, le Fako (4 070 mètres), rebord d'un ancien cratère en voie de comblement, pour nous faire signer le livre d'or du volcan enfermé dans une boîte étanche cachée sous un amas de blocs. La goutte au nez, titubant tant le vent violent nous bouscule, les doigts gourds nous y gribouillons dates et signatures vacillantes. Gelés, nous avons hâte de redescendre à l'abri, dès que nos observations géologiques sont effectuées. Alors que nous surplombons le dernier-né des cratères sommitaux du volcan, composé de deux dépressions accolées, formées en juin 1954 au cours de violentes explosions vulcaniennes, notre compagnon africain, malgré la tempête, s'attarde sur Fako faisant une ample récolte de soufre et d'autres dépôts fumerolliens multicolores qui tapissent les fissures. Les Camerounais croient que ces produits volcaniques ont des vertus thérapeutiques surtout s'ils sont utilisés par le sorcier-guérisseur du village !

Du volcan, qui n'est qu'assoupi, s'exhalent encore quelques fumerolles. Elles sont à 40 ou 50 degrés, contiennent surtout de la vapeur d'eau et sont entourées de mousse d'un vert fluorescent. Nous nous installons dans leur chaude moiteur, à l'abri du vent, pour rédiger quelques notes. Notre guide nous dévoile alors avec des airs de conspirateur les secrets du mont Cameroun. Fako, nous explique-t-il, est un dieu qui règne sur les hommes et décide de leur destin, aussi venons-nous parfois lui demander conseil et lui faisons-nous des sacrifices pour l'honorer. Chaque année, à Noël, les sorciers des principaux villages gravissent le volcan pour y immoler des pigeons, des cochons et des moutons. Si le sang attire les mouches, cela signifie que Fako accepte les sacrifices en cadeaux. Lorsqu'il y a une épidémie dans un village, signe de la colère du dieu, des hommes montent lui offrir un coq blanc. Si ce dernier chante au sommet, c'est que Fako le veut en sacrifice pour retrouver sa sérénité. On décapite alors le gallinacé qui court sans tête et s'effondre à l'emplacement exact où se trouve la demeure du dieu. Ce lieu sera vénéré.

« Aimes-tu Fako ? interroge Maurice.

— Oui, répond notre guide respectueusement, car Fako est bon et veut la paix. »

Et de nous expliquer que lorsque deux tribus sont en guerre le dieu du mont Cameroun les plonge dans le brouillard pour empêcher le combat !

« Mais est-ce aussi à cause de Fako que plusieurs avions ont percuté la montagne dans le brouillard ? lance Maurice goguenard.

— Peut-être, mais chez nous on raconte que tout le volcan se soulève pour happer au passage les avions qui le dérangent », répond l'Africain.

Qui sait, Fako, lassé des éternels coqs et pigeons préfère peut-être en sacrifices ces grands oiseaux métalliques...

Après avoir passé deux jours sur les moindres cratères et failles de l'endroit, nous décidons de redescendre par une autre piste, celle « des météorologues » qui est ponctuée de pluviomètres et traverse la partie sud-ouest de la surprenante chaîne des Puys africaine. Rampant entre les cônes parfaits, les coulées sont couvertes d'une épaisse moquette de lichens tour à tour blanc argenté, gris anthracite, vert pâle ou jaune fluorescent suivant l'ancienneté des laves. Ces différentes couleurs nous permettent de démêler l'inextricable fouillis des épanchements se superposant, se croisant, surgissant là, disparaissant ailleurs, pour établir une chronologie des événements volcaniques qui ont bouleversé le plateau au cours des millénaires.

Fourbus mais riches de nouvelles connaissances, nous rallierons Buéa une semaine après l'avoir quitté. Un formidable périple dont nous nous souviendrons longtemps, ne serait-ce qu'à cause des douloureuses courbatures qu'il nous occasionna ! Quand je pense que lors d'une course à pied, organisée chaque année sur le mont Cameroun, le vainqueur fait l'aller-retour, soit une dénivelée de 3 000 mètres, en quatre heures trente ! Cela me laisse rêveuse...

Page 96 : La masse pâteuse de la lave s'étire, la Fournaise (Réunion).

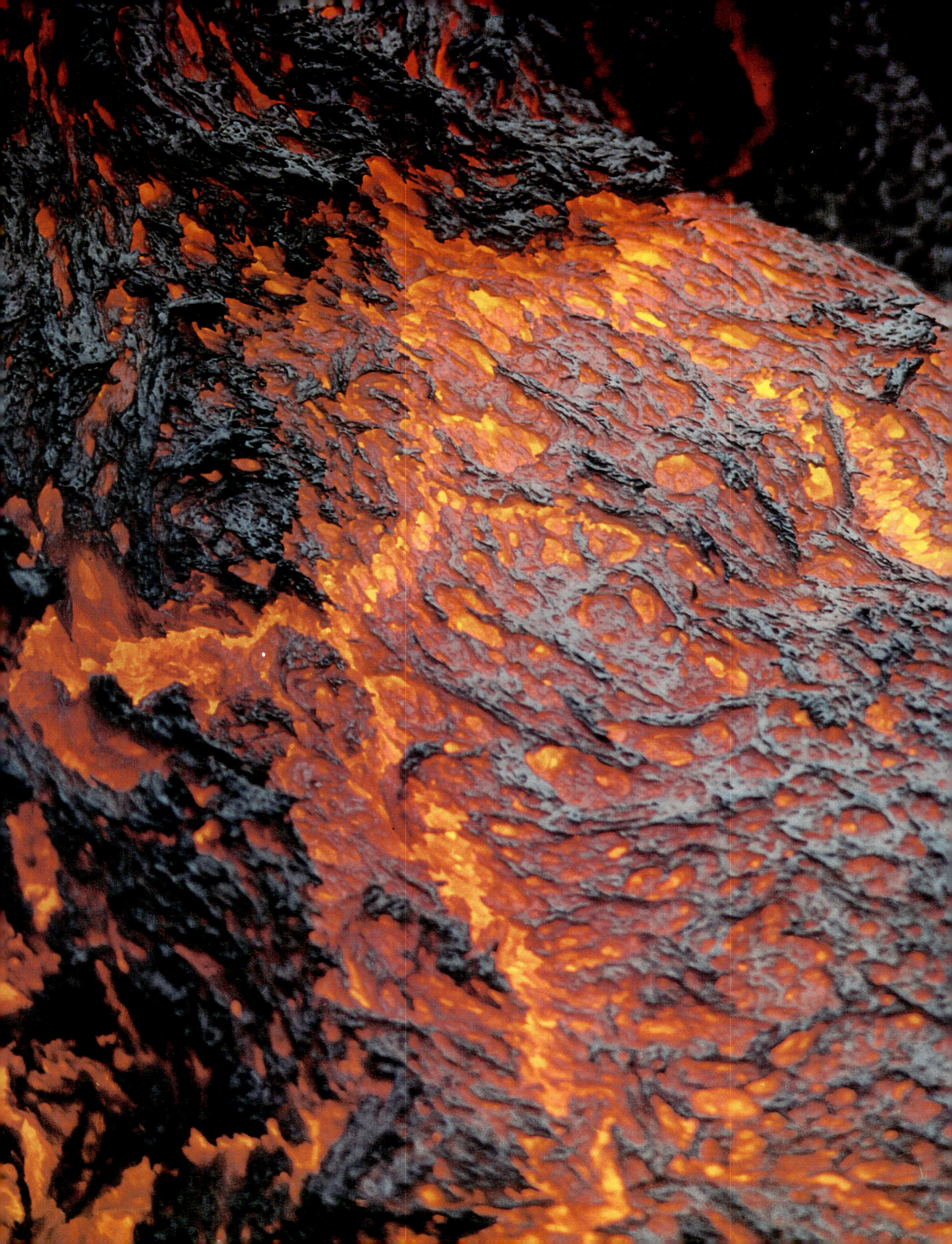

6- Les volcans à diamants d'Afrique du Sud

En mars 1869, Booi, berger hottentot, garde son troupeau dans la région de Hopetown, en Afrique du Sud. Il travaille dans des fermes et obtient en échange le gîte et la permission de laisser paître son troupeau. Un jour, près de la rivière Orange, il ramasse une pierre brillante. Le soir, il s'arrête par hasard à la ferme de M. van Niekerk à qui il dit :

« Je vous donne un beau caillou si je peux rester ici pour la nuit. »

Le fermier, quelque peu averti en minéralogie, reconnaît un énorme diamant et lui en demande le prix.

« Ce que vous voudrez, monsieur », répond le Hottentot. Sans hésiter un seul instant, van Niekerk lui offre 500 moutons, 10 bœufs et même son cheval ! Booi passe la nuit dans la ferme et repart le lendemain avec son butin, sans rien y comprendre ! Expertisé, le diamant se révélera avoir 83 carats (1 carat = 0,2 g) et valoir une fortune colossale. En 1974, il sera revendu à Genève pour 2,5 millions de francs lourds !

Cette fantastique découverte a été à l'origine du formidable rush des prospecteurs en Afrique du Sud, qui aboutira, après bien des vicissitudes, à la création en 1888 de la société De Beers, énorme empire qui contrôle aujourd'hui 85 % du marché diamantifère mondial.

C'est elle qui, en 1978, nous invita à visiter ses mines. Les diamants (du grec *adamas* « l'invincible », le diamant est le minéral naturel le plus dur du monde) sont tous d'origine volcanique. Ils naissent en effet dans le manteau pâteux de la Terre, vers 200, 300 kilomètres de profondeur, à des températures de 1 200 à 2 000 degrés et sous des pressions de 70 000 à 100 000 kilogrammes par centimètre carré. A la faveur de bouleversements géologiques importants, comme la séparation de l'Afrique et de l'Amérique du Sud par la dérive des continents il y a cent vingt millions d'années, du magma profond pétri de millions de diamants monte rapidement dans le manteau, traverse la croûte terrestre en y ouvrant violemment une cheminée, se fragmente, se fluidifie et jaillit à la surface en explosant, creusant un cratère à l'emporte-pièce. C'est un véritable forage naturel à rebours qui nous ouvre une petite fenêtre sur les mystérieuses matières composant le manteau terrestre inaccessible.

Trois semaines durant, à Kimberley, nous sommes descendus dans ces impressionnantes cheminées diamantifères, aujourd'hui creuses, fébrilement vidées par les hommes. Le plus célèbre de ces trous, le Big Hole, le « Grand Trou », aujourd'hui abandonné et qui n'est pas — de loin — la plus grande des exploitations, a 950 mètres de diamètre et 800 mètres de profondeur ! La société De Beers en a arraché 25 millions de tonnes de kimberlite, la lave bleuâtre qui remplit les

Page 97 : Coulée de lave lisse de 1977 à la Fournaise (Réunion).

cheminées diamantifères, pour en extraire la substantifique moelle, 14 millions de carats, soit 2 800 kilogrammes de diamants ! Le gigantisme des mines et des installations, grues à godets de 10 tonnes, camions-bennes de 100 tonnes, tapis roulants de dizaines de kilomètres de long, contraste avec la petitesse du produit recherché. Le plus gros diamant du monde a été découvert à la mine Premier en 1905, il avait 3 106 carats, le volume d'une poire. Taillé en cinq joyaux, il orne aujourd'hui la couronne d'Angleterre. Ces 621 grammes de carbone pur représentent la valeur de 50 Boeing 747 ! Depuis que l'homme recherche cette pierre précieuse, il a arraché, concassé, broyé, lavé 6 milliards de tonnes de roches pour n'en retirer que 300 tonnes de diamants, 4 tonnes de cailloux pour un carat ! Voilà qui explique le prix élevé de ce charbon de luxe dont la De Beers, à elle seule, tire chaque année 4 milliards de francs de bénéfice grâce aux 11 millions de carats qu'elle produit. Nul doute que ce petit minéral est devenu indispensable à notre société puisqu'il s'emploie, certes pour nous parer, mais plus encore pour forer, couper, polir, mesurer, isoler, du bistouri à la meule, de l'électronique aux machines-outils, des têtes de forage aux hublots des satellites.

Tout cela nous est longuement et patiemment expliqué au cours de nos visites au cœur des cheminées et au sein des usines de traitement. Pourtant, nous nous sentons frustrés, car à aucun moment nous n'avons la chance de voir des cristaux de diamant brut de près ! C'est d'autant plus gênant que nous réalisons un court métrage sur l'origine volcanique de ces minéraux. Malgré notre insistance auprès des dirigeants de Kimberley dont nous sommes les hôtes, il nous est impossible pour des raisons de sécurité de palper des diamants comme nous l'avions fait quelques années auparavant dans les mines du Zaïre. Cependant, à titre tout à fait exceptionnel, la De Beers nous permet de filmer sa collection privée, la plus belle du monde : 20 000 carats de diamants de toutes les couleurs, de toutes les formes conservés dans un énorme coffre-fort rond derrière six vitrines de verre blindé.

Le jour du tournage, le directeur nous fait les honneurs du lieu et nous précise qu'à la moindre alerte les lourdes portes d'acier de la salle se ferment automatiquement, qu'immédiatement la sirène se met en route, qu'un car de police se rue sur les lieux, que les vitres triples, épaisses de vingt centimètres, sont à l'épreuve des chocs et des balles, que l'alimentation du système d'alarme est autonome, que des cellules photo-électriques truffent l'endroit, bref que ces joyaux sont les mieux protégés du monde dans un coffre inviolable !

Nous nous mettons tout de suite au travail ; Maurice installe ses lampes puissantes pour éclairer les diamants à l'abri derrière leur triple armure de verre, puis il filme l'amas fabuleux qui scintille de ses mille feux et où trône un octaèdre parfait de 616 carats. Nous sommes fascinés. Des reflets dans la vitre gêne la prise de vues et Maurice, l'œil sur son oculaire de caméra, me demande sans cesse d'approcher les éclairages de plus en plus près de la vitrine ; soudain, celle-ci commence à fondre, fait des bulles et se fissure lentement. C'est la panique, la chaleur des lampes a fondu l'écran protecteur à l'épreuve des balles ! Cinq minutes d'échauffement de plus et nous pouvions prendre 10 000 carats ! Et pas d'alarme ! Ils avaient tout prévu sauf l'effraction lente par la chaleur ! Affolés, nous téléphonons immédiatement au directeur qui se repose chez lui, lui annonçant l'incroyable nouvelle, mais il ne veut pas y croire, rit et trouve la plaisanterie bien bonne ! Finalement, comme nous insistons, il accepte de nous rejoindre et constate, blême, la triste réalité. Aussitôt, il nous demande d'évacuer le coffre qu'il ferme à triple tour. Les 20 000 carats ne sont plus en sécurité à cause de deux « maudits Français » et de leur système D ! Nous sommes penauds et nous nous confondons en excuses, proposant de payer les dégâts.

« Vous n'y pensez pas, répond le directeur qui retrouve un instant son sourire. Il faut

Page 100 (haut) et page 101 (haut) : Coulées de lave brûlant les forêts dans les Grandes Pentes de la Fournaise (Réunion).

Page 100 (bas) : Des coulées de lave de la Fournaise ont traversé le village de Piton-Sainte-Rose en 1977, épargnant l'église et la gendarmerie (photo R. Bénard).

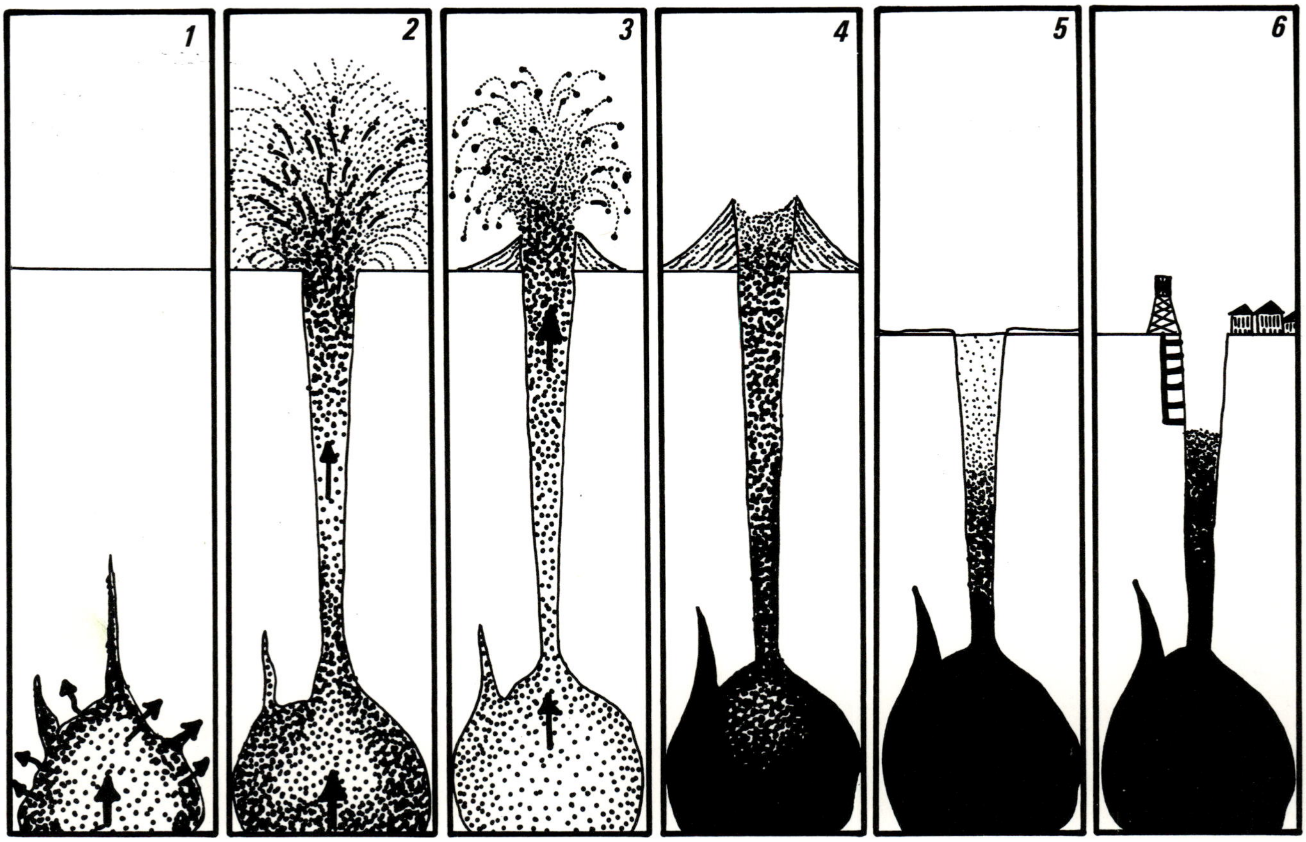

Schéma de la formation d'une cheminée diamantifère.

1) Le magma kimberlitique, riche en diamant, monte de plusieurs dizaines de kilomètres, se fraie un passage dans les fissures.

2) La cheminée magmatique atteint la surface, le magma jaillit violemment en explosant.

3) Un cône volcanique s'édifie autour de l'orifice de sortie du magma par l'accumulation de bombes, scories et cendres.

4) Au bout de quelques heures à quelques jours l'éruption s'arrête et les matières fondues de la cheminée se refroidissent.

5) En quelques millions d'années, l'érosion fait disparaître le cône et rabote le socle sous-jacent de plusieurs centaines de mètres.

6) La cheminée diamantifère est découverte et exploitée.

remplacer tout le caisson de la vitrine brisée, en faire venir un autre de Londres et, entretemps, il est indispensable de vider tout le coffre pour transporter les diamants sous escorte de la police dans un lieu plus sûr ; 150 000 francs de frais au moins ! »

Plus tard, remis de ces émotions, il nous remerciera d'avoir prouvé qu'il y avait une faille dans leur système de sécurité.

La société De Beers ne fut pas rancunière puisqu'elle nous convia, quelques semaines plus tard, à visiter son siège à Londres, une autre chambre forte, beaucoup plus gigantesque celle-là, où passent chaque année pour être triés, calibrés, estimés des millions de diamants. Dans une seule salle, disposés en pyramides scintillantes sur trois tables, s'entassaient 150 000 carats... un milliard de francs actuels ! Espérons qu'un jour nous assisterons à une « éruption diamantifère » où les bombes volcaniques seront pétries de diamants, cela résoudrait nos problèmes financiers de pauvres volcanologues français !

Page 101 (bas) : Protégé du rayonnement de chaleur par une combinaison aluminisée, Maurice Krafft arrache un morceau de lave à une coulée de la Fournaise.

7- La Fournaise : le plus beau volcan du monde

A QUATRE MILLE mètres de profondeur, dans la nuit abyssale, une fissure s'ouvre silencieusement sur le fond de l'océan Indien : du basalte fondu s'écoule paisiblement en chuintant. Au contact de l'eau froide, la roche incandescente, brutalement trempée, se recroqueville sur elle-même en gros rouleaux entourés d'une mince pellicule vitreuse. Le magma, continuant à pousser, gonfle ces polochons qui s'allongent, s'accroissent, roulent et s'entassent sur le plancher océanique... C'était il y a plus de trois millions d'années à l'emplacement de l'île de la Réunion.

Au cours de dizaines de milliers d'années, le volcan sous-marin grandit peu à peu, mais pas un frémissement, pas un remous ne révèle son existence. La pression d'eau est colossale et les gaz sont dissous avant d'atteindre la surface. Puis voilà qu'un million d'années plus tard tout change, le volcan atteint enfin le niveau de la mer. Un combat titanesque s'engage entre l'Océan et le feu de la Terre. La mer bouillonne, des jets noirs de cendres fines, en forme de queue de coq, percent l'Océan et s'élancent silencieusement vers le ciel. La lutte semble inégale car les vagues assaillent l'îlot qui s'écroule et s'émiette dans la mer déchaînée. Mais le volcan tient bon et continuera de s'étaler, à affermir ses bases jusqu'au moment où l'océan ne peut plus s'engouffrer dans sa cheminée et déchiqueter le magma. Alors, enfin, la lave peut s'épancher en coulées qui s'empilent et construisent le premier grand volcan : le piton des Neiges. Cette activité effusive dure 200 000 ans, puis la source de basalte se tarit momentanément et les éruptions s'arrêtent. Pendant 700 000 ans l'érosion due à la pluie, aux rivières et au vent creuse des vallées, rabote les coulées, alors que l'altération transforme leur surface en terre fertile où s'installent d'épaisses forêts. Puis un second épisode d'activité bouleverse la région : cônes et coulées recouvrent à nouveau les flancs du piton des Neiges jusqu'à il y a 950 000 ans, où il s'arrête encore. 350 000 ans plus tard, le monstre, reposé, retrouve une nouvelle fois toute son énergie dévorante, mais au bout de 200 000 ans le réservoir de magma est vide. Son toit n'étant plus soutenu s'effondre, créant au sommet du gigantesque cône surbaissé un grand cratère, une caldeira. Le géant semble exténué, à l'article de la mort, mais ce n'est qu'apparence, car 80 000 ans plus tard, il fait encore parler de lui, retrouve ses forces vitales. Un cône fougueux s'installe dans sa caldeira sommitale, la noyant en moins de 100 000 ans sous 700 mètres de flots basaltiques. Une dernière fois, il reprend son souffle pendant 20 000 ans. Mais quand le piton des Neiges se réveille à nouveau, son humeur a changé ; de débonnaire il devient

Pages 104-105 : Au bord même de la Fournaise (Réunion).

violent, son magma est à présent pâteux. Des explosions colossales éjectent blocs et cendres. Des nuées ardentes, avalanches de lave et de gaz à 400 degrés, dévalent les pentes à grande vitesse, détruisant tout sur leur passage, nivelant le relief sous un linceul gris uniforme. Des coulées de boue se ruent dans les vallées, arrachent arbres et rochers, inondent plaines et dépressions. C'est ce moment précis, il y a 300 000 ans, que choisit un petit volcan pour montrer le bout de son cône sur le flanc sud-est du monstre destructeur, il s'appellera le piton de la Fournaise. Comme son grand frère, il se construit dans une longue série d'éruptions basaltiques entrecoupées de phases de repos et de deux effondrements donnant naissance à deux grandes caldeiras bordées d'impressionnantes parois qui, aujourd'hui encore, marquent profondément le volcan comme dans la rivière de l'Est ou le long du rempart des Sables. Pendant 200 000 ans, l'activité des deux volcans se déroule de concert, l'aîné est explosif, le second effusif. Puis, il y a 20 000 ans, le piton des Neiges dont les cirques sommitaux se creusent lentement, redevient pacifique et se tait après avoir émis une dernière coulée de basalte. Comme pour l'accompagner dans son agonie, le magma trouve un passage entre les deux volcans, le temps d'édifier une chaîne de cônes dans la plaine des Cafres. Alors le réservoir de lave du piton de la Fournaise se vide et son toit s'effondre pour la troisième fois : l'Enclos, grande caldeira en forme de fer à cheval ouverte vers la mer, de 11 kilomètres de long sur 7 de large, vient de naître. Depuis lors, la Fournaise a pris son « rythme de croisière » ajoutant tous les ans, ou presque, coulées et montagnes de cendres pour que grandisse au milieu de l'Enclos le cône sommital appelé le Brûlant, couronné de deux cratères : le Dolomieu et le Bory.

De nos jours, l'île de la Réunion, d'un diamètre moyen de 60 kilomètres et d'une superficie de 2 512 kilomètres carrés, est formée pour ses deux tiers nord-ouest pour le piton des Neiges (3 069 mètres d'altitude) et pour son tiers sud-est par le piton de la Fournaise (2 631 mètres). Alors que le premier, gravement entamé par l'érosion, dresse ses chicots rocheux au centre d'un trèfle de trois cirques somptueux aux falaises de 1 000 mètres, le piton de la Fournaise, jeune et vigoureux, défraye régulièrement la chronique par ses turbulences volcaniques. C'est, avec le Kilauea situé aux îles Hawaii, le volcan le plus actif de la Terre, puisque entre 1646, année de l'arrivée des premiers habitants dans l'île, et 1980 il n'a pas eu moins de 160 éruptions, plus belles les unes que les autres !

LA BANDE A BÉNARD

« Le soleil va se lever, dépêchez-vous ! » Cette exclamation me réveille en sursaut. Que se passe-t-il ? Où suis-je ? Des grondements et des halètements puissants, le sol qui vibre et frissonne sous la tente, oui je me souviens !... Nous sommes venus, Maurice et moi, à la Réunion, alertés par un télégramme d'Alain Gérente nous annonçant que le piton de la Fournaise s'était réveillé.

Le 4 novembre 1975, vers 12 heures, après 29 mois d'inactivité, une fissure de 100 mètres de long s'est ouverte dans le cratère Dolomieu, à 2 380 mètres d'altitude. Rapidement, un cône d'une vingtaine de mètres de hauteur s'est édifié pendant que les coulées de lave scoriacées s'étalaient sur les deux tiers du fond de la caldera sommitale.

Nous voilà à nouveau dans l'atmosphère envoûtante, grisante de cette Terre en pleine fièvre qui vomit avec fracas ses flots de basalte fondu. Il fait encore nuit, mais le volcan nous baigne dans une atmosphère rouge qui nous permet d'y voir sans éclairage. Notre campement est installé sur les scories de la dernière éruption, celle de mai 1973, collées contre la paroi sud-ouest du Dolomieu. Il suffit de faire quelques pas hors de la tente pour surplomber de 30 mètres la nouvelle gueule béante de la Fournaise remplie d'un lac d'or fondu vigoureusement brassé par les gaz qui explosent en grosses bulles. Dans un ballet sans fin, les lambeaux de lave molle habillés de feu, s'élancent, virevoltent en pantins désarticulés, tirent des fils, éclatent puis retombent, épuisés, avec un bruit flasque en s'éteignant doucement. La houle incandescente cogne avec violence contre les parois du chaudron, faisant s'écrouler des pans entiers de l'édifice qui s'abîment dans le lac et soulèvent des vagues monstrueuses. La chaleur intense me brûle le visage mais je reste immobile, fascinée par la fête ardente que s'offre le volcan. Le lever du soleil s'annonce, instant à ne pas manquer, car c'est au levant et au couchant que les couleurs de la lave en fusion sont les plus somptueuses, les plus intenses, les plus nuancées. La nuit elles sont trop contrastées, le jour atténuées, délavées par l'écran bleuté des gaz volcaniques. Nous réservons toujours ces courts instants du matin et du soir pour filmer et photographier, pour capter le spectacle prodigieux d'une éruption que nous aurons tout loisir d'observer, d'étudier, de mesurer et de quantifier plus tard dans la journée. Imperceptiblement, le jaune d'or de la lave vire au rose orangé qui se détache merveilleusement sur le ciel bleuissant. Soudain, l'éclat rasant du soleil illumine les hautes parois qui nous encerclent, la lave se teint de carmin et de pourpre, les ombres bleutées s'assombrissent, les gaz effilochent leur brouillard gris sur les flammes de pierre, le spectacle s'achève.

Un réchaud ronfle, des casseroles s'entrechoquent, nous oublions poésie et splendeur dans le matérialisme d'un petit déjeuner bruyant et pantagruélique car il n'y a pas de temps à perdre, il faut prendre des forces pour une dure journée dans les gaz et la chaleur des coulées.

« Gendarmerie nationale, vos papiers s'il vous plaît ! »

Surpris, nous levons la tête, scrutant l'énorme éboulis qui permet la descente dans la caldeira et d'où s'échappe une voix forte roulant les *r* et appuyant les finales d'un ton autoritaire. Ce sont sûrement les gendarmes ou les C.R.S. qui vérifient l'équipement des touristes imprudents et inconscients s'aventurant dans le volcan en chemisette et en sandales, et qui leur interdisent la descente dans la caldeira où nous sommes. Il ne s'agit pas de précautions inutiles car plusieurs fois déjà la Fournaise a tué non pas à cause de ses coulées et de ses explosions, mais parce que le mauvais temps peut se déclencher brusquement sur le massif, plongeant le visiteur dans le brouillard dense, les pluies diluviennes et les bourrasques glacées. Plusieurs personnes se sont ainsi perdues dans le dédale monotone des cônes et des coulées et y sont mortes de froid et d'épuisement. Mais que nous veulent les gendarmes, à nous, volcanologues ?

« Vos pièces d'identité, messieurs, dames ! » continue la voix tonitruante qui se répercute sur les parois. Nous éclatons de rire car nous avons enfin reconnu Roland Bénard, le célèbre photographe de l'île, déboulant dans les blocs, un énorme sac sur le dos.

Roland, c'est le deuxième volcan actif de la Réunion ! Si la Fournaise est énorme, lui est imposant ; si elle a de nombreuses éruptions, lui a une activité débordante. Le piton est attachant, a un type bien marqué, Roland est chaleureux et a une forte personnalité. Seul le dynamisme éruptif les distingue : la Fournaise est effusive, Roland explosif...

Dès qu'une éruption se déclenche, Roland et sa bande, équipés tel un commando de choc, se précipitent sur les lieux d'activité, là où la lave coule, là où les fontaines incandescentes jaillissent, y installent un camp permanent et photographient, filment, observent. Personne ne connaît le volcan mieux qu'eux, personne ne veille comme eux les monstres en éruption jusqu'à leur dernier souffle malgré la pluie, le froid, le vent. Il faut voir Roland gambader dans les coulées de lave, jauger la valeur photographique d'une éruption, ou dévorer en Gargantua à l'appétit féroce les rations alimentaires que nous n'oublions jamais de doubler quand nous savons que le « maître » est de la partie ! C'est là dans l'enfer des bouches en feu qu'est née notre amitié. La « bande à Bénard » est au complet. D'abord Alain Gérente, mathématicien de son état, obser-

Page 108 (haut) : Les flancs des cratères couronnant le cône de la Fournaise sont balafrés de fissures éruptives. *(Bas) :* Explosion en pause photographique à la Fournaise (photo R. Bénard).

vateur génial, cinéaste, à l'amitié sûre et réconfortante. Avec son regard de grand enfant, sa caméra au poing, il ne s'émerveille qu'au spectacle de la Nature qui se déchaîne, aux éruptions, aux cyclones. Les cataclysmes bouleversent et passionnent ce savant distrait qui ne s'est fait nommer au Centre universitaire de la Réunion qu'à cause de la proximité du volcan ! Il y a aussi André Bacquet, dentiste, l'ascète, le contemplatif de la Fournaise, il nous bat tous quant au nombre d'ascensions et de séjours sur le volcan, veillant chaque éruption de bout en bout, dans un inconfort total : l'Empédocle du piton ! Jean-Claude Vallée, journaliste, calme dans les pires situations, n'ayant peur de rien, reprochant toujours au volcan de ne pas exploser assez fort. Daniel Vaxelaire, son collègue, rêveur calme et philosophe, profondément amoureux de la nature réunionnaise. Tous deux détaillent avec passion, en première page de leurs journaux respectifs, les moindres convulsions de la Fournaise. Sont présentes également Catherine Gérente, pédiatre, parfaitement à l'aise dans les enfantements volcaniques les plus dantesques et Raphaëlle, photographe, la femme de Roland, bien courageuse de vivre dans l'ombre de son monument de mari !

DANS L'ARÈNE, FACE AU DRAGON

Aujourd'hui dimanche, la bande à Bénard est montée pour nous prêter main-forte. Au programme : des prises de gaz, d'échantillons de lave, des mesures de vitesse, de volume et de température de coulée. Tout en haut des falaises, les minuscules silhouettes de centaines de touristes venus admirer le monstre se bousculent, nous contemplent et applaudissent à chaque explosion forte de la bouche active. Nous sommes des toréadors au fond d'une arène, en face d'un monstre rugissant. A quelque pas de nous, il s'ébroue, expectore, s'étire de toute la violence de sa masse. On dirait une hydre gigantesque aux multiples têtes qui risque à tout moment de nous encercler de ses tentacules de lave qui ne cessent de se diviser, de déborder, de ramper et de sourdre d'endroits que l'on croyait inertes. Munie d'un masque à gaz, je contourne avec peine une belle coulée de lave dont la pâte orangée s'étire lentement pendant que des plaques entraînées dans le flot s'entrechoquent, grincent et crissent comme un papier d'aluminium que l'on froisse. De temps en temps, des sifflements stridents de gaz qui s'échappent de la masse pâteuse viennent s'ajouter à cet étrange concert dont le rythme est donné par les chuintements graves et saccadés du cratère. J'en ai froid dans le dos et, pour combattre ma peur viscérale, je prends le pouls du monstre. Je me cramponne à mon savoir et me rassure en étudiant. L'échantillonnage des gaz recueillis dans des ampoules à vide va bon train, mais le rayonnement de la « braise » et le manque d'oxygène deviennent insupportables. Je suis souvent obligée de me réfugier sur un minuscule promontoire pour reprendre mon souffle. De l'autre côté du cratère, derrière un rideau de gaz chauds qui font vibrer l'air, je devine Alain et Maurice revêtus de leurs habits ignifugés. Ils évoluent lentement au bord d'une coulée dans leurs armures de volcanologues, munis de longues cannes thermométriques qui les font ressembler à deux Don Quichotte égarés. Ils trempent leurs lances dans la masse visqueuse de la lave comme on plante des banderilles dans le cou d'un taureau, reculent devant la bête qui se gonfle et chauffe, reviennent à la charge, fuient encore, avant de prendre la température : 1 140 degrés.

Au bout de la journée, complètement épuisés par l'inhalation des gaz, le rayonnement de chaleur et la tension que provoque le danger latent, nous regagnons le camp. Un ami d'Alain qui vient d'arriver tend un télégramme à Maurice. Nous fixons, perplexes, le petit papier bleu, message d'un autre monde, celui qui existe hors de notre prison ronde.

« Grosse éruption Stromboli - Coulée descend vers mer - Stop », lit-on.

« Tu y vas ? lance Roland.

— Quand celui-ci aura fini. »

Page 109 : Coulée de lave encerclant un vieux cône à la Fournaise (Réunion).

Cette réponse de Maurice semble rassurer notre ami qui a craint un instant que nous allions délaisser « son » volcan, le plus beau du monde, pour nous précipiter sur ce « petit » Stromboli en éruption depuis plus de deux mille ans.

Juchés sur leur promontoire circulaire, les touristes sont toujours là comme autant de confettis multicolores égayant la rigueur du basalte gris. Des explosions de joie résonnent sur les parois aux moindres jets de lave du fauve en furie. Il doit se sentir bien ridicule le pauvre, devenu feu d'artifice de 14 juillet ! La nuit tombe et par dizaines les flashes photographiques des curieux sillonnent de leurs éclairs blafards le rougeoiement du gigantesque incendie. Mais quelques heures plus tard, même les plus tenaces sont chassés par le vent glacial qui balaie le sommet de la montagne et nous nous retrouvons seuls avec la Fournaise.

Des myriades de gouttes de feu tentent d'escalader le ciel noir, s'accrochent un instant aux étoiles puis retombent, roulent et s'écrasent sur la robe grise de Vulcain.

Pendant des jours et des nuits nous veillerons le volcan, observant et notant les moindres variations d'activités, les plus petites modifications de débit et de cheminement des coulées.

Le 18 novembre 1975, le cratère, étrange nid vidé, se referme. Il se peint de gris, de noir et de mort, le règne de la pierre commence. Seuls quelques gaz bleutés rappellent l'haleine toxique du moribond. Nous n'avons plus rien à faire là-haut et décidons de redescendre. Les yeux pleins du feu de la Terre, nous dévalons la pente. Dans nos cheveux et sur nos habits s'accrochent des embruns de lave figée, petites perles de jais brillantes, et gouttes de magma étirées en fils capillaires blonds. Nos vêtements sont imprégnés de gaz sulfureux ; nous puons le diable sorti tout droit de l'enfer !

Avec ses papiers, bouteilles et autres détritus éparpillés par des touristes malpropres, l'Enclos vide et silencieux donne la même impression de tristesse que la place d'un village abandonnée après la grande foire annuelle. Nos sacs sont lourds d'échantillons de lave et c'est péniblement que nous gravissons les 150 mètres de dénivelée du pas de Bellecombe, le bord vertical de l'Enclos. Un dernier regard sur le cône impressionnant du Brûlant balafré de cicatrices obliques d'où dégoulinent des traînées d'encre de lave scoriacée, et nous rejoignons nos voitures pour descendre vers la côte, ses palmiers, et sa mer d'écume.

QUAND LES ÉRUPTIONS SE RELAIENT...

L'activité que nous avons suivie du 4 au 18 novembre 1975 n'a été que le début d'une longue succession d'éruptions qui se sont relayées. Ainsi, le 18 décembre 1975, une petite coulée s'épanche pendant quelques heures d'une courte fissure située sur le flanc sud-est du cône du Brûlant, vers 2 300 mètres d'altitude. Le lendemain, la Terre s'ouvre sur 200 mètres de longueur cette fois, à 400 mètres seulement en dessous de l'activité précédente. Comme notre ami Alain est le premier à atteindre les lieux nous baptiserons ce nouvel évent de son nom, il devient « le Gérente ». Un gros bouillon de lave s'en échappe à trente kilomètres à l'heure, circule dans de fantastiques tunnels rougeoyants et se fige en aval en rubans d'argent aux formes étranges. Surgi d'une altitude de 2 000 mètres, le front de l'épanchement ne s'immobilise que le 4 janvier 1976 à la cote de 600 mètres, après avoir dévalé 6 kilomètres. A la source, une bouche de dégazage crache des flammes bleues de 15 mètres de hauteur et ourle sa gueule béante d'aiguilles de soufre jaune vif. Spectacle éphémère, car un beau matin elle se saborde, éjectant sans prévenir bombes et scories en suffisance pour s'enterrer vivante sous un cône de 10 mètres de haut alors qu'un nouvel épanchement dégringole la pente en empruntant le lit encore chaud de la première coulée. Mais l'activité s'est déjà déplacée. Depuis le 12 janvier, elle est 500 mètres plus bas, près du bord sud-est de l'Enclos, à la lisière de la forêt, au début des Grandes Pentes. Très vite, un cône asymé-

trique, en forme de bonnet phrygien, s'y construit, accumulation de produits éjectés par une puissante fontaine de lave oblique giclant à 50 mètres de haut ; sa coulée s'immobilise cinq jours plus tard à 600 mètres d'altitude.

Le 18 janvier, alors que toute l'équipe campe dans le brouillard près du cratère déjà mourant, une détonation sourde éclate dans la forêt. Catherine donne l'alerte et s'exclame :

« C'est une nouvelle bouche, j'en suis sûre, il faut y aller !

— Tu n'y penses pas, répondent les autres, affamés et renfrognés. Qui te dit que ce n'est pas un tir de mine ? Et d'ailleurs on n'y voit pas à dix mètres, il n'y a plus d'eau à boire, plus rien à manger, on est tous exténués et trempés, il faut descendre et rentrer ; on reviendra dès qu'il fera beau. »

Mais n'écoutant qu'elle, Catherine s'élance vers ce qu'elle croit être un nouveau lieu d'éruption en empruntant la coulée à peine refroidie, entraînant derrière elle la bande à Bénard qui titube dans les gratons [1].

« Regardez, c'est là ! » crie Catherine. Effectivement, une lueur rouge fait un halo dans le brouillard dense, pendant qu'un halètement régulier à peine perceptible se fait entendre. Oui, une nouvelle fracture s'est bien ouverte, 500 mètres en contrebas de la précédente. Un volcan est en train de naître ! Quatre bouches alignées expulsent violemment des lambeaux de lave fluide qui s'accrochent dans les arbres et édifient rapidement un cône égueulé trouant la forêt luxuriante et verte de son tas de scories noires luisantes. Un fleuve incandescent en déborde à 40 kilomètres à l'heure et mange, vorace, la végétation gorgée d'eau. Le combat est grandiose. La forêt craque, gémit, siffle sous l'ardeur de la langue de feu. Les arbres se tordent, ploient et d'un coup s'enflamment au contact de la peau incandescente du dragon. Malgré tous les obstacles, le fleuve destructeur progresse inéxorablement et descend les Grandes Pentes. Le 27 janvier, il atteint la route nationale n° 2 qui fait le tour de l'île et la coupe sur une largeur de 250 mètres dans une odeur âcre de bitume qui brûle.

Pour la deuxième fois l'éruption est à la portée des curieux. Ils accourent de partout et s'agglutinent de part et d'autre de la coulée qui vient de couper leur île en deux. Malgré la pluie torrentielle c'est la cohue, des milliers de personnes défilent, les embouteillages sont monstrueux ! Chacun veut récolter son bout de lave souvenir. Le service d'ordre est dépassé. Munis d'une perche, les plus téméraires courent arracher un morceau de lave brûlante et encore molle au bord du flot de basalte, le poussent loin du rayonnement de chaleur intense et y enfoncent aussitôt un culot de bouteille pour lui donner une forme de cendrier ! Déception, la coulée longue de cinq kilomètres s'arrête le 29 janvier juste avant d'atteindre la mer, privant les spectateurs du combat titanesque entre l'eau et le feu.

Coup de théâtre, ce même jour le diable fait à nouveau parler de lui, mais beaucoup plus haut, à 1 800 mètres d'altitude, dans l'alignement des évents précédents. La lave très fluide comble des dépressions, noie d'anciens cratères et construit un cône baptisé « le Langlois » en l'honneur de celui qui le vit le premier.

UN PARACHUTISTE PREND FEU

N'y tenant plus, aidés d'une demi-section de parachutistes de l'armée française, nous remontons, bien décidés à étudier cette nouvelle phase d'activité dans ses moindres détails. Arrivés au sommet du cône du Brûlant, nous contournons la magnifique caldeira sommitale pour redescendre à l'opposé, vers les Grandes Pentes. Jusque-là, nous marchions sur des coulées de lave lisses, en dalles, en cordes, en boudins, aussi confortables qu'un bon chemin. Mais voici que

1. Gratons : terme réunionnais utilisé pour désigner les surfaces d'épanchements laviques ressemblant à des résidus de fonte de graisse de porc jetés dans l'eau froide alors qu'ils sont encore chauds ; ils prennent alors une texture hérissée d'aspérités dite en graton. Les laves de ce type, accumulation chaotique de blocs scoriacés, s'opposent aux coulées lisses, cordées ou en boudins.

◀ Fontaine de lave à 1 100 degrés, Fournaise (Réunion).

Pages 114-115 : Laves cordées à la Fournaise (Réunion) refroidies (p. 114), en fusion (p. 115).

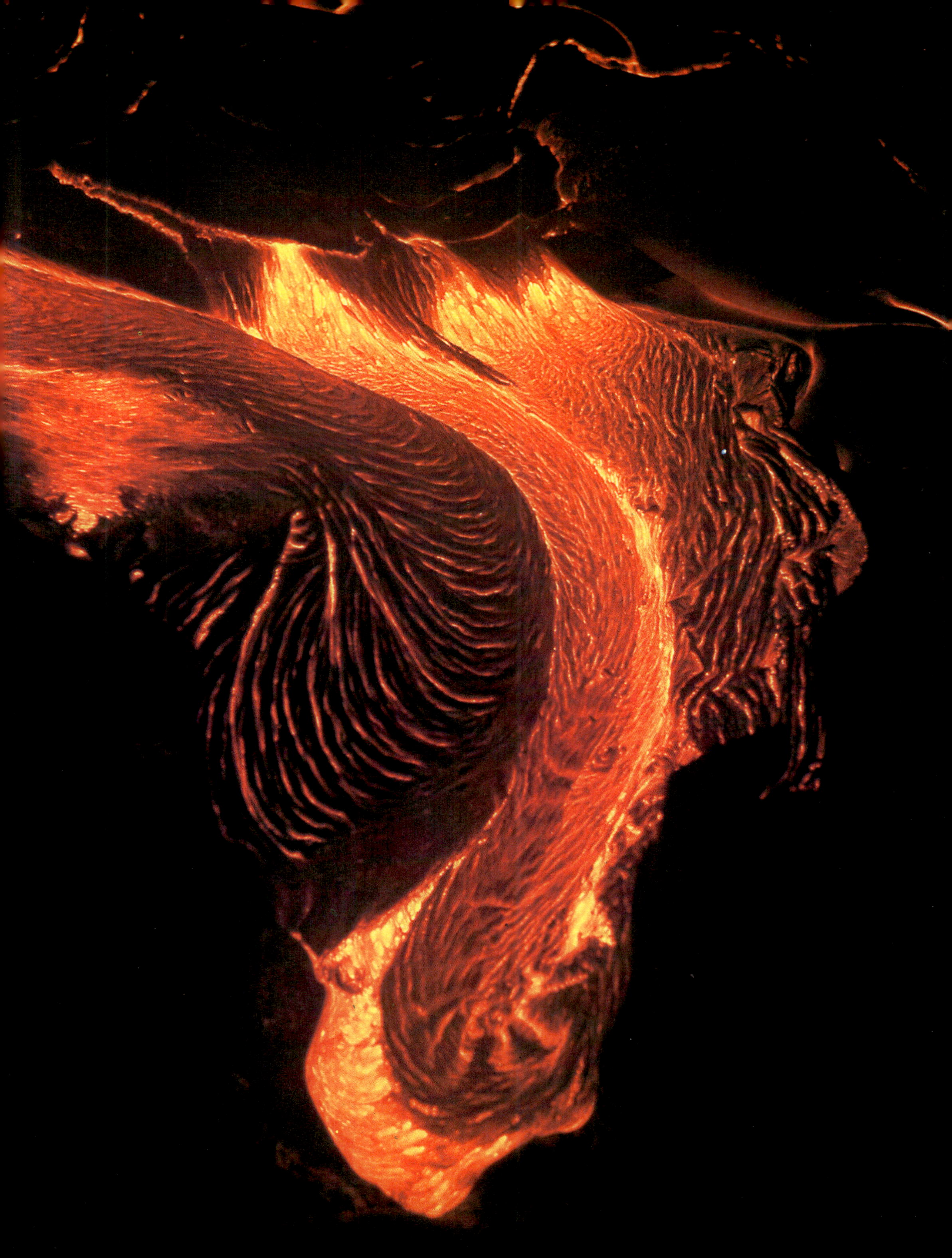

commence le royaume terrifiant des gratons, véritable houle minérale qui roule sous les pieds, coince les orteils, s'écroule sous le poids des marcheurs. Chute après chute, les fesses, les mains, les bras, les jambes s'écorchent, se lacèrent, bleuissent sur les milliers d'aspérités de ces maudites scories. Pour comble de malheur, la nuit tombe sur la colonne, accentuant nos mouvements grotesques d'équilibristes maladroits. Jurons et cris de douleur accompagnent la troupe devenue ivre. Au loin, un petit volcan souffle et gronde, trouant le soir de son rougeoiement. Une heure plus tard, nous arrivons enfin, épuisés et meurtris ! A vingt mètres de nous, les explosions éclatent en gerbes de feu éblouissantes. Les militaires, qui n'étaient jamais montés au volcan, découvrent émerveillés la beauté du plus grandiose des spectacles de la Nature ! Prudents, ils restent derrière nous, effrayés par la force et la violence des éclatements incandescents. Ils nous avouent que eux, « les durs », ne voudraient pour rien au monde faire notre métier de fou, de kamikaze ! Puis, les uns après les autres, ils disparaissent dans des trous à l'abri du vent et s'endorment, roulés dans leurs couvertures. Nous nous apprêtons à nous coucher nous aussi quand, soudain, une explosion plus forte nous arrose de petits lambeaux de lave. Quelques secondes plus tard une odeur de brûlé se répand. Nous inspectons nos tentes, elles sont intactes. Enfin, nous apercevons devant nous une petite « braise » de lave qui, tombée sur un pan de couverture d'un de nos militaires endormis, a enflammé la laine. Nous avons beau crier « au feu, ça brûle ! », rien ne bouge sous la couverture dont le bout se consume lentement. Notre parachutiste ne se réveillera qu'après avoir été secoué énergiquement par Maurice. Placide, il éteint en tapotant le début de l'incendie, se retourne et se rendort ! Hélas ! au milieu de la nuit sous les rafales intermittentes de scories, les parachutistes sont obligés de battre en retraite, nous aussi d'ailleurs, car des lambeaux de lave ont brûlé et troué notre tente nous obligeant à la réinstaller plus loin du cratère. Nos avatars ne font pourtant que commencer car, à trois heures du matin, une tempête se déchaîne, arrachant piquets et mâts ! Une lutte inégale s'engage sous les trombes d'eau ; notre toit troué et le tapis de sol imperméable transforment vite notre habitacle en piscine que casseroles et bols n'arrivent pas à vider aussi vite que l'eau ne s'y accumule ! Rapidement vaincus, nous fourrons les objets les plus précieux dans des sacs étanches et finissons la nuit recroquevillés sous des imperméables. Ce n'est que le début d'une odyssée d'un mois où il pleuvra vingt heures sur vingt-quatre, dans ce massif où il tombe jusqu'à 14 mètres d'eau par an ! Le volcan, dans tout cela, nous le verrons peu. Noyé dans le brouillard et les nuages gorgés d'eau, il passe au second plan. Nous ne l'entendons même plus, car la pluie battante crépite sur la toile de tente et le vent qui hurle étouffe le bruit des explosions. Nous risquons parfois une tête hors de notre abri précaire pour vérifier que le volcan est toujours actif, illuminant le brouillard de pourpre. Jamais depuis que nous exerçons notre métier de volcanologue nous n'avions vu autant d'eau. Même en saison de pluies en Indonésie, il pleuvait moins qu'ici !

Pour passer le temps, quand nous ne sommes pas occupés à colmater les trous, drainer l'eau ou déplacer la tente en toute hâte parce qu'une coulée se dirige sur elle, nous échafaudons des théories, créons d'imaginaires appareils de mesure, discutons inlassablement de volcanologie. Dès que la pluie s'arrête, nous nous précipitons dehors. Alors que les nuages s'effilochent sur le sommet de la Fournaise, près de nous le petit cône d'une cinquantaine de mètres de hauteur crache son magma qui dégouline en traînées de sang. Guidés par les émanations gazeuses bleutées, nous traquons les coulées qui surgissent de terre en un ruban lisse, vermeil, griffé d'or. Parfois avec quelque crainte je m'aventure sur le toit d'un tunnel de lave qui vibre sous mes pieds et dégorge son basalte à plus de 1 000 degrés. Son niveau oscille, se soulève, retombe, mû par une gigantesque respiration alors que grondements, glougloutements et chuintements s'échappent du ventre de la Terre. A perte de vue, la coulée trace ses zigzags de lumière sur la pente obscure, dessinant sur le méplat où elle s'étale un énorme pin parasol aux branches ramifiées.

Puis l'averse reprend ; la pluie tombant sur les coulées brûlantes s'évapore en grosses volutes de vapeur qui nous enveloppent. Orage et volcan se fondent et nous plongent dans un gigantesque sauna tiède.

Éternités de pluies, instants de volcans se succèdent jour après jour. Parfois, quelques rares visiteurs rejoignent notre camp d'observation ; ils nous bombardent de questions et pour nous remercier laissent en cadeau poulet grillé, fruits frais et boissons qu'ils n'ont pas consommés, telles des offrandes à des moines tibétains retirés dans un lointain monastère.

VIVRE DANS LA LAVE

Quand, au bout d'un mois, l'activité du Langlois décline enfin, nous décidons de le quitter pour explorer aux alentours les lieux d'éruption des années 1972-1973. Notre programme est ambitieux : inventaire des cônes et des coulées, évaluation de leurs surfaces et volumes. Mais quel régal de démêler l'histoire de toutes ces bouches et épanchements de lave, quel plaisir de fouler cette terre vierge, vieille de quelques années seulement. Partout se dressent de petits édifices, châteaux forts abandonnés qui doucement s'écroulent. Le plus beau d'entre eux, que nous baptisons « le Gros Bénard » en l'honneur de Roland qui en avait observé la formation en décembre 1972, est un énorme cône éventré aux parois argentées, lisses, flanqué à sa sortie de la dépouille d'un lac de lave temporaire vide. J'imagine que nous sommes les derniers survivants d'un énorme cataclysme qui a fait de la Terre ce monde étrange, insolite, figé dans une gangue uniforme de métal. Grise la matière, gris le ciel lourd de nuages, gris le silence qui nous enveloppe et fait résonner nos pas. Nos chaussures écrasent les grandes alvéoles de lave meringuée où scintillent les vertes olivines. Soudain, nous voici au bord d'un gouffre, d'une grotte spacieuse de basalte, au toit tapissé de stalactites de lave aux formes biscornues qui semblent encore goutter tellement elles sont fraîches. Les murs sont recouverts d'un enduit brun chocolat tantôt plat et parcheminé, tantôt en frises finement ouvragées. De telles grottes sont légion dans les épanchements de la Fournaise. La lave y circule à grande vitesse car elle est isolée de l'air ambiant et garde ainsi une température élevée. Ces tunnels naissent fréquemment quand une coulée s'avance dans une vallée. Au début, la lave est en fusion dans toute son épaisseur, puis ses bords en contact avec des roches froides et l'air ambiant se refroidissent. Seul son cœur reste en fusion donc en mouvement ; petit à petit, il s'amenuise et lorsque le débit de lave baisse à la source, le tunnel se vide, une grotte se forme. La coulée continue à circuler dans ce boyau mais les gaz qui s'en échappent, atteignant 1 300 degrés, refondent le basalte des parois qui goutte en stalactites du plafond et s'accumulent en stalagmites sur la croûte solidifiée naissant à la surface de la lave encore vive.

Mais revoilà la pluie, il nous faut vite trouver un refuge. La grotte semble être un abri idéal : 2 mètres de diamètre, 100 mètres de longueur à l'épreuve du vent et de la pluie. Quelle déconvenue car le sol est un enchevêtrement inextricable de lames, de blocs, de pics et de stalagmites, un véritable lit de fakir ! De plus, l'eau s'infiltre à travers les minuscules fissures qui sillonnent notre plafond et s'écoule goutte à goutte le long de chaque stalactite. Des heures après que la pluie eut cessé, la grotte, elle, continue à goutter !

Mais le plus terrible, c'est que le Langlois dégorge toujours ses laves qui se rapprochent insensiblement de nous, menaçant de couler dans notre abri pour le moins précaire ! Malgré tout, nous nous y installons tant bien que mal. Un soir, alors que la coulée a encore progressé, je décide de profiter de son rayonnement de chaleur pour y

Page 118 : Un obstacle et la surface de la lave fluide se fripe et se plisse, la Fournaise (Réunion).

Page 119 : Maurice Krafft au milieu d'un champ de laves en tripes, en boudins dans les coulées du Gérente, la Fournaise (Réunion).

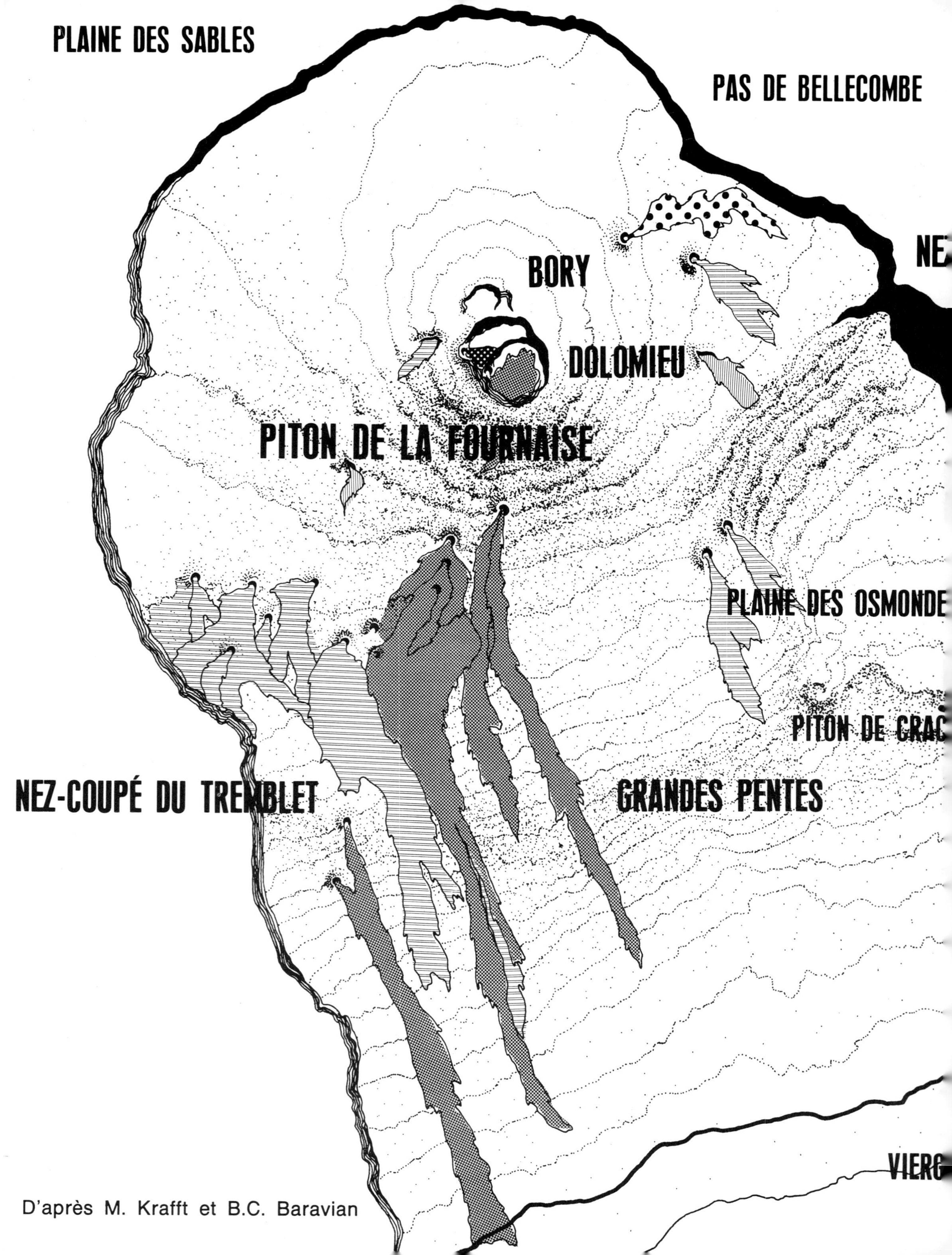

D'après M. Krafft et B.C. Baravian

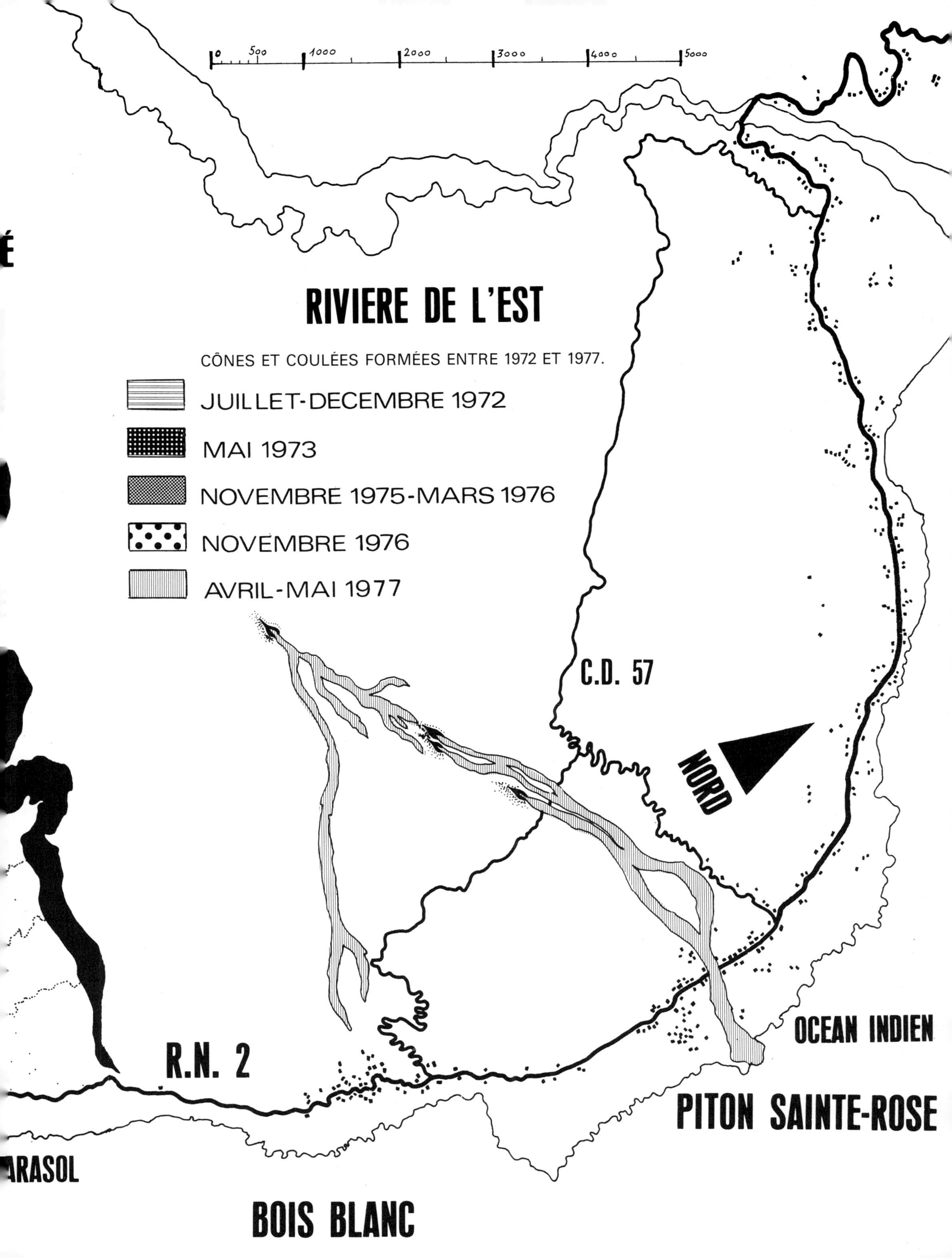

0 500 1000 2000 3000 4000 5000
RIVIERE DE L'EST
CÔNES ET COULÉES FORMÉES ENTRE 1972 ET 1977.
JUILLET-DECEMBRE 1972
MAI 1973
NOVEMBRE 1975-MARS 1976
NOVEMBRE 1976
AVRIL-MAI 1977
C.D. 57
NORD
OCEAN INDIEN
R.N. 2
PITON SAINTE-ROSE
ARASOL
BOIS BLANC

sécher mes habits trempés. A mon grand étonnement je découvre un spectacle inouï, inespéré. Mes appels font surgir Maurice de son trou.

« Mais qu'est-ce que tu as ? me lance-t-il aussi maussade que le temps.

— Des laves cordées... il y a des laves cordées qui se forment ! »

En un clin d'œil il est à mon côté et n'arrête plus de répéter « c'est fabuleux, fantastique ! » Depuis quatre mois que dure l'activité de la Fournaise nous n'avions pas encore eu cette chance. Là, à un mètre de nous, des boudins de lave rouge orangé, comme autant de chenilles de feu, rampent, se contorsionnent, bourgeonnent, s'étirent paresseusement et se recouvrent d'une croûte vitreuse irisée gris-bleu, dans un bruit doux de caramel fondu. Plus loin, un lobe rond, gros comme un bras, s'étale, bute contre un petit obstacle et se fripe derrière lui en cordes parfaites. Tout le spectacle ne dure qu'une heure ! Le lendemain, quand je flâne sur les lieux à la recherche de formes étranges, je suis intriguée par une petite émanation de gaz qui s'exhale au milieu de l'immense surface de basalte figé. Je m'en approche. Un trou quasi circulaire entrouvre le sol et deux mètres en dessous de moi un large fleuve de lave file à 40 kilomètres à l'heure ! J'ose à peine bouger de peur que le toit ne s'effondre sous mon poids. Ce que je prenais pour de la terre ferme n'était qu'une croûte fragile surplombant un flot igné à 1 100 degrés ! La nuit suivante, une coulée de gratons tombe dans notre tunnel d'habitation, s'insinue sournoisement dans le boyau, nous obligeant à battre en retraite en catastrophe par une sortie dérobée de la grotte. Nous avons eu chaud ! Trois heures plus tard notre repaire était rempli de lave !

Quand le Langlois se tait enfin le 22 mars, il est aussitôt relayé par un autre évent, juste en amont, qui, une semaine durant, étale ses laves fluides débordant furieusement du cratère toutes les quarante-cinq minutes par un phénomène de siphon. Le 31 mars, un dernier petit cône, surgi non loin de là, imite son grand frère en émettant périodiquement de belles nappes de basalte fondu puis, à bout de forces, s'arrête. Le 6 avril, la Fournaise s'endort enfin après plus de cinq mois de folies volcaniques.

Depuis lors, la caldeira, inhabitée, a été le siège de nombreuses éruptions [1].

Mais à la surprise générale, en avril 1977, pour la première fois depuis 1800, le volcan sort de l'Enclos ! Durant une longue semaine, fissure après fissure, la lave coule à torrents au nord de l'Enclos, menace le village de Bois-Blanc, emporte et brûle une trentaine de maisons de Piton-Sainte-Rose évacué à la hâte, pour finalement venir s'éteindre sous l'Océan dans un formidable panache de vapeur blanche. Pourtant, comme si le volcan avait honte de ses actes, après avoir brûlé le portail de l'église et pénétré dans la nef, il arrête net son flot dévastateur ! Miracle, disent les habitants, Dieu a vaincu le diable !

Aujourd'hui, grâce à l'émotion provoquée par ce cataclysme, les Réunionnais peuvent être rassurés, un observatoire volcanologique veille enfin sur le monstre, l'ausculte nuit et jour et déjà prévoit ses colères.

Quant à nous, retournons en enfer : Vallée des Dix Mille Fumées, mont Saint-Helens, Paricutin, Fuego, Soufrière, montagne Pelée, Kilauea, Sangay, El Tatio, autant de lieux dantesques qui berceront nos prochaines aventures de volcanologues errants...

Nous remercions chaleureusement pour leur aide dans la réalisation de nos nombreuses missions :

la Compagnie générale maritime ;

Air France ;

les dizaines de personnes, les amis, les organismes officiels et les cent industries qui nous font confiance et nous soutiennent.

1. Raconté par les auteurs dans un autre livre intitulé : *la Fournaise,* éditions R. Bénard, 1977.

Page 123 : Maurice Krafft et Jean-Claude Vallée face au dragon éructant, la Fournaise (Réunion).

Page 122 : Le volcanologue analyse, observe pour comprendre le monstre Fournaise (Réunion).

TABLE DES CHAPITRES

Cet album dont la sélection et les films
ont été exécutés par la photogravure A.S.T.O. à Paris
a été achevé d'imprimer
sur les presses de Bernard Neyrolles — Imprimerie Lescaret à Paris
Photocomposition Touraine Compo

Dépôt légal n° 4 426 - Septembre 1981

titres parus dans la collection COUP D'ŒIL SUR LE MONDE

Jean-Claude BERRIER
KENYA, SPLENDEUR SAUVAGE

Gérard CIVET et Chantal MANONCOURT
LES INDIENS DU SOLEIL (PÉROU, BOLIVIE)

Douchan GERSI
SAHARA

Douchan GERSI
DANS LA JUNGLE DE BORNÉO

Marcel ISY-SCHWART
CONGO SAFARI

Marcel ISY-SCHWART
JOYAUX DES MERS DU SUD

Claude JANNEL et Frédéric LONTCHO
LE DERNIER EMPIRE DE LA VOILE

Michel MONTESINOS
AFGHANISTAN

Marcel TALABOT
MARRAKECH LA FANTASTIQUE

Guy THOMAS
L'INDE

Christian ZUBER
TAHITI, LES PLUS BELLES ILES DU MONDE